琼 瑶

作 品 大 全 集

还珠格格

第一部 1

阴错阳差

琼瑶

著

作家出版社

琼瑶，本名陈喆，作家、编剧、作词人、影视制作人。原籍湖南衡阳，1938年生于四川成都，1949年随父母由大陆赴台生活。16岁时以笔名心如发表小说《云影》，25岁时出版首部长篇小说《窗外》。多年来笔耕不辍，代表作包括《烟雨蒙蒙》《几度夕阳红》《彩云飞》《海鸥飞处》《心有千千结》《一帘幽梦》《在水一方》《我是一片云》《庭院深深》等。

多部作品先后改编成为电影及电视剧，琼瑶也因此步入影视产业。《六个梦》系列、《梅花三弄》系列、《还珠格格》系列等，影响至深，成为几代读者与观众共同的记忆。

琼瑶以流畅优美的文笔，编织了众多曲折动人的故事。其作品以对于梦的憧憬和爱的执着，与大众流行文化紧密结合，风靡半个多世纪，成为华文世界中极重要的文学经典。

我为爱而生，我为爱而写

文字里度过多少春夏秋冬

文字里留下多少青春浪漫

人世间虽然没有天长地久

故事里火花燃烧爱也依旧

                            琼瑶

第一章

乾隆年间，北京。

紫薇带着丫头金琐，来到北京已经快一个月了。

几乎每天每天，她们两个都会来到紫禁城前面，呆呆地凝视着那巍峨的皇宫。那高高的红墙，那紧闭的宫门，那禁卫森严的大门，那栉比鳞次的屋脊，那望不到底的深宫大院……把她们两个牢牢地、远远地隔开。皇宫，那是一个禁地，那是一个神圣的地方，那是个"可望而不可即"的梦想。紫薇站在宫外，知道不管用什么方法，她都无法进去。更不用说，她想要见的那个人了！

这是一个无法完成的任务。可是，她已经在母亲临终时，郑重地答应过母亲了！她已经结束了济南那个家，孤注一掷地来到北京了！但是，一切一切，仍然像母亲经常唱的那首歌：

"山也迢迢，水也迢迢，山水迢迢路遥遥！

"盼过昨宵，又盼今朝，盼来盼去魂也销。"

不行，一定要想办法。

紫薇这年才十八岁，如此年轻，使她的思想观念，都仍然天真。从小在母亲严密的保护和教育下长大，使她根本没有一点儿涉世的经验。丫头金琐，比她还小一岁，虽然忠心耿耿，也拿不出丝毫主张。紫薇的许多知识，是顾师傅教的，是从书本中学习来的。自从发现有一个衙门叫作"太常寺"，专门主管对"礼部典制"的权责，她就认定只有通过"太常寺"，才能见到想见的人。于是，三番五次，她带着金琐去太常寺门口报到。奇怪的是，那个太常寺的主管梁大人，几乎根本不上衙门。她求见了许多次，就是见不到。

这天，听说梁大人的官轿，会经过银锭桥，她下了决心，要拦轿子！

街道熙来攘往，十分热闹。

紫薇带着金琐，站在路边张望。她的手里，紧紧地攥着一个长长的包袱。包袱里面，是她看得比生命还重要的两样东西。这两样东西，曾经把大明湖边的一个女子，变成终身的俘虏。

紫薇，带着一份难以压抑的哀愁，看着那行人来往穿梭的街道，心里模糊地想着，每个人都有自己的目的和方向，只有她，却这么无助！

行人们走去走来，都会不自禁地深深看紫薇一眼。紫薇，她是相当美丽的。尽管打扮得很朴素，穿着素净的白衣白裙，脸上脂粉不施，头上，也没有钗环首饰。但是，那弯弯的眉毛，明亮的眼睛，和那吹弹可破的皮肤，那略带忧愁的双眸，在在都显示着她的高贵，和她那不凡的气质。再加上紧跟着她的金琐，也是明眸皓齿，亮丽可人。这对俏丽的主仆，夹在匆忙的人群中，依然十分醒目。

街道虽然热闹，却非常安详。

忽然间，这份热闹和安详被打破了。

一阵马蹄杂沓，马路上出现了一队马队，后面紧跟着手拿"肃静""回避"字样的官兵。再后面是梁大人的官轿，再后面是两排整齐的卫队，用划一的步伐，紧追着轿子。一行人威风凛凛，嚣张地前进着。

马队赶着群众，官兵吆喝着：

"让开！让开！别挡着梁大人的路！……"

紫薇神情一振，整个人都紧张起来，她匆匆地对金琐喊：

"金琐！我得把握机会！我出去拦轿子，你在这儿等我！"

紫薇一面说，一面从人群中飞奔而出。金琐急忙跟着冲出去。

"我跟你一起去！"

紫薇和金琐，就不顾那些官兵队伍，直奔到马路正中，切断了官兵的行进，拦住轿子，双双跪下。紫薇手中，高举着那个长形的包袱。

　　"梁大人！小女子有重要的事要禀告大人，请大人下轿，安排时间，让小女子陈情……梁大人……梁大人……"轿子受阻，被迫停下，官兵恶狠狠地一拥而上。

　　"什么人？居然敢拦梁大人的轿子。"

　　"把她拖下去！……滚开！滚开！有什么事，上衙门里说……"

　　官兵们七嘴八舌，对两个姑娘怒骂不已。

　　金琐忍不住就喊了出来：

　　"我们已经去过衙门好多次了，你们那个太常寺根本就不办公，梁大人从早到晚不上衙门，我们到哪里去找人？"

　　一个官兵怒吼着说：

　　"我们梁大人明天要娶儿媳妇，忙得不得了，这一个月都不上衙门。"

　　紫薇一听，梁大人一个月都不上衙门，就沉不住气了，对着轿子情急地大喊：

　　"梁大人！如果不是万不得已，我也不会拦住轿子，实在是求助无门，才会如此冒犯，请梁大人抽出一点时间，听我禀告，看看我手里的东西……"

　　官兵们早已七手八脚地拉住紫薇和金琐，不由分说地往路边推去。

"难道梁大人,只管自己儿子的婚事,不管百姓的死活吗?"紫薇伸长脖子喊。

"呼啦"一声,轿帘一掀,梁大人伸了一个头出来。

"哪儿跑来的刁民,居然敢拦住本官的轿子,还口出狂言,是活得不耐烦了吗?"

紫薇见梁大人露面,就拼命挣扎着往回跑。

"大人!听了我的故事,你一定不会后悔的……请你给我一点点时间,只要一点点就好……"

"谁有时间听你讲故事?闲得无聊吗?"梁大人回头对官兵吼着,"别耽搁了!快打轿回府!"

梁大人退回轿子中,轿子迅速地抬了起来,大队队伍,立刻高喊着"回避……肃静……"继续前进。

紫薇和金琐被官兵一推,双双摔跌在路旁。

围观群众,急忙扶起二人。一个老者,摇头叹气地说:

"有什么冤情,拦轿子是没有用的,还是要找人引见才行。"

紫薇被摔得头昏脑涨,包袱也脱手飞去。金琐眼明手快,奔过去捡起包袱,掸掉灰尘,拿过来,帮紫薇紧紧地系在背上,一面气冲冲地说:

"这个梁大人是怎么回事?他儿子明天娶媳妇,就可以一个月不上衙门,我们要怎么样才能见着他呢?小姐,我们的盘缠已经快用完了,这样耗下去,要怎么办啊?

我看这个梁大人凶巴巴的，不大可靠，我们是不是另外找个大人来帮帮忙比较好？"路边那个老者，又摇头叹气：

"天下的'大人'都一个样，难啊！难啊！"

紫薇看着那消失的卫队和轿子，摸摸自己背上的包袱，不禁长长地叹了口气。片刻之后，她整整衣服，振作了一下，坚决地说：

"不要灰心，金琐。我一定可以想办法来见这个梁大人的！见不着，再想别的门路！"说着，她忽然想到什么，眼睛一亮，"他家明天要办喜事，总不能把贺客往门外赶吧？是不是？"

"小姐，你是说……"

"准备一份贺礼，我们明天去梁府道贺！"紫薇并不知道，她这一个决定，就决定了她的命运。因为，她会在这个婚礼上，认识另一个女子，她的名字叫作小燕子。

小燕子是北京城芸芸众生中的一个小人物，今年也是十八岁。

在紫薇拦轿子的这天晚上，小燕子穿着一身"夜行衣"，翻进一家人家的围墙。这家人第二天就要嫁女儿，正是要嫁进梁府。用小燕子的语言，她是去"走动走动"，看看有什么东西"可拿"！新娘子嫁妆一定不少，又是嫁给梁府，不拿白不拿！她翻进围墙，开始一个一个窗子去张望。

她到了新娘子的窗外，听到一阵呜呜咽咽的饮泣声。

舔破了窗纸，她向里面张望，不看还好，一看大惊失色，原来新娘子正爬在一张凳子上，脖子伸进了一个白绞圈圈，踢翻了椅子在上吊！她忘了会暴露行藏，也忘了自己的目的，想也没想，就一推窗子，穿窗而入，嘴里大叫：

"不好了！新娘子上吊了！"

梁府的婚礼非常热闹。

那天，紫薇穿了男装，化装成一个书生的样子，金琐是小厮。自从去年十月离开济南，她们一路上都是这样打扮的。虽然，她们自己也明白，两个人实在不大像男人，但是，除了女扮男装，也不知道该怎么办才好，女装未免太引人注目了。好在，一路上也没出什么状况，居然就这样走到了北京。

婚礼真是盛大非凡。她们两个，跟着成群的贺客们，顺利地进了梁府的大门。

吹吹打打，鼓乐喧天。新娘子被一顶华丽的大轿子抬进门。

紫薇忍耐着，好不容易，等到新娘凤冠霞帔地进了门，三跪九叩地拜过天地，扶进洞房去了。梁大人这才从"高堂"的位子走下来，和他那个趾高气扬的儿子，眉开眼笑地应酬着宾客。紫薇心想，这个机会不能再放过了，就混在人群中，走向梁大人。

"梁大人……"紫薇扯了扯梁大人的衣袖。

"你是？"梁大人莫名其妙地看看紫薇。

紫薇有所顾忌地看看闹哄哄的四周。

"我姓夏，名叫紫薇。有点事想麻烦梁大人。能不能借一步说话？"

"借一步说话，为什么？"这时，梁大人的儿子兴冲冲引一名老者过来，将紫薇硬给挤了开去。

"爹，赵大人来了！"

梁大人惊喜，忙不迭迎上前去。

紫薇不死心地跟在梁大人身后，亦步亦趋。心里实在很急，说话也就不太客气：

"梁大人，该上衙门当差你不去，到你家里跟你说句话也这么困难，难道你一点都不在乎百姓的感受吗？"

梁大人看着这个细皮白肉、粉妆玉琢的美少年，有些惊愕。

"你是哪家的姑娘，打扮成这个模样？去去去，你到外面玩去！亲戚们的姑娘都在花厅里，你去找她们，别追在我后面，你没看到我在忙吗？"

"昨天才见过，你就不记得了吗？拦轿子的就是我，夏紫薇！"

"什么？你混进来要做什么……"梁大人大惊，这才真的注意起紫薇来……

谁知就在这个时候，一个突发的状况，惊动了所有的宾客。

一个红色的影子，像箭一般直射而来，闯进大厅。大家一看，不禁惊叫，原来狂奔而来的竟是新娘子！她的凤冠已经卸下了，脸上居然是清清爽爽，脂粉不施，她的背上，背着一个庞大的、用喜樟包着的包袱。在她的身后，成群的喜娘、丫头、家丁追着她跑，喜娘正尖声狂叫着：

　　"拦住她！她不是新娘子！她是一个女飞贼呀！"那个"女飞贼"正是小燕子。她横冲直撞，一下子就冲了过来，竟然把梁大人撞倒在地。所有的宾客都惊呼出声，紫薇和金琐也看得呆了。这个局面实在太可笑了。新娘子穿着一身红，背着红色大包袱，在大厅里跳来跳去，一群人追在后面，就是接近不到她。

　　她看来还有一些身手。

　　梁大人从地上爬起来，被撞得七荤八素。

　　"这是怎么回事？"

　　喜娘气急败坏地跑着，追着小燕子喊：

　　"新娘子不见了呀！她不是程家小姐，是个小偷……快把她抓起来呀！"

　　满屋子的客人发出各种惊叹的声音。

　　"什么？新娘子被调包了？岂有此理！"梁大人大叫，"新娘子到哪里去了？""不知道呀，我刚才进房里的时候，看到这丫头穿着新娘的衣裳在偷东西！她把整个新房都掏空了，全背在背上呢！"喜娘喊着。

"来人呀！"梁大人怒吼着，"快把她给我抓起来！"

一大群家丁，冲进房里来抓人。

小燕子在大厅里碰碰撞撞，一时之间，竟脱身不得。身上的大包袱，不是撞到人，就是撞到家具，所到之处，桌翻椅倒，杯杯盘盘，全部跌碎，落了一地。宾客们被撞得东倒西歪，大呼小叫，场面混乱已极。当家丁们冲进来之后，房间里更挤了。小燕子忙拿起桌上的茶杯糖果为武器，乒乒乓乓地向家丁们掷过去。嘴里大喊着：

"你们别过来啊！过来我不客气了！看招！"

梁大人又羞又怒，气得跺脚。

"新娘子一定被她藏起来了！快抓住她！仔细审问！"

家丁们大声应着，奋勇上前，和小燕子追追打打。

不料，这个"女飞贼"还有一点武功，身手敏捷，背着个包袱，还能挥拳踢腿，把那些家丁打得稀里哗啦，跌的跌，倒的倒。可惜背上的包袱太大，东撞西撞，施展不开。她忽而跳上桌，忽而跳下地，把整个喜气洋洋的大厅，打得落花流水。

紫薇和金琐看得目瞪口呆，对这个"女飞贼"折服不已。金琐忍不住对紫薇低语：

"哈！这个女飞贼，帮我们报了拦轿子的仇了！这就叫……"

"恶人偏有恶人磨！"紫薇笑了。心想，这个女飞贼，还不一定是"恶人"呢！

小燕子几次想冲到窗前，都被背上的包袱拖阻。家丁却越来越多。她四下一看，见情势不妙，当机立断，飞快地卸下包袱，一把拉开，金银珠宝顿时漫天撒下。她大嚷：

"看呀！梁贪官的家里，什么都有，全是从老百姓那儿搜刮来的！大家见到的都有份儿！来呀！来抢呀！谁要谁拿去，接着啊……不拿白不拿！"

宾客见珍珠宝贝四散，惊呼连连，拥上前去观看，忍不住就抢夺起来。

小燕子乘隙逃窜，逃到紫薇和金琐身边，紫薇看了金琐一眼，双双很默契地遮了过去，挡住了她，小燕子顿时穿窗而去。

梁大人怒不可遏，暴跳如雷。

"反了反了！天子脚下居然有这样荒唐的事……追贼呀！大家给我追呀……"

厅里的人，追的追，跑的跑，喊的喊，挤的挤，捡的捡……乱成一团。

紫薇拉着金琐，在这一片混乱中，出门去了。

出了梁府的大门，紫薇和金琐走在路上，两人虽然没办成自己的事，却不知道为了什么，兴奋得很。"这天下之大，真是无奇不有，这个婚礼，真让我大开眼界！"紫薇说。

"那个女飞贼，胆子不小，可惜武功不高，这下要空手而回了！可惜可惜！……""空手而回还没关系，别被抓起来才是真的！"

正说着，街上就传来一阵吆喝声，一队官兵冲散行人，气势汹汹。

"让开！让开！不要碍着咱们抓贼！有没有人看到一个红衣女子？有没有？谁藏着女贼，和女贼一起抓起来！知道的人快说！"官兵们嚷嚷着。

行人摇头，纷纷走避。

官兵走到紫薇、金琐身前，仔细看二人，挥手说道："让开让开！别挡着路！到一边去！"

紫薇、金琐往路边一退，紫薇撞到路边一只遭弃置的藤篮。忽然觉得有人拉了拉自己的衣襟，紫薇低头一看，吓得差点张口大叫。

原来藤篮中，赫然躲着那个"女飞贼"！

小燕子仰头看着紫薇，清秀的脸庞上，有对乌黑乌黑的眸子，闪亮闪亮的。紫薇对她，竟然生出一种莫名的好感来。此时，她虽然狼狈，脸上仍然带着笑，双手合十，拼命对紫薇作揖，求她别嚷。

紫薇眼看官兵快要走近，藤篮又无盖遮掩，她急中生智，猛然一屁股坐在篮子上，打开折扇，从容地扇着风。

官兵经过两人身边，打量紫薇、金琐数眼，见两人气定神闲，便匆匆而去。

紫薇直到官兵转入巷道，不见踪影，这才站起。

"人都走光了，你出来吧！"紫薇低头喊。

小燕子夸张地揉着脑袋，从篮子里站了起来，瞪着紫薇，大大一叹：

"完了完了！给你屁股这样一坐，我今年一定会倒霉！"

"喂，你这人懂不懂礼貌呀！"金琐不服气地冲口而出，"如果不是有我们帮你，这会儿你早就被官兵抓走了呢！"

小燕子拉着那件长长的礼服，揖拜到地。

"是，小燕子一天之内，被你们帮了两次，不谢也不成！我谢谢两位姑娘救命之恩，这总行了吧？"

小燕子，原来她的名字叫小燕子。紫薇想着，又奇怪地问：

"你怎么看出我们是女的？"

"刚才在梁家，我一眼就看出你们两个女扮男装来了，要不，怎么对着你笑呢？我劝你别扮男装了，这么细皮白肉的，哪像呢？"说着，就得意起来，"我不骗你们，这不管是男扮女，还是女扮男，扮老扮少，扮俊扮丑，我最内行了！改天有机会，我再传授你们两招，告辞了。"

小燕子脱下红色的礼服，打个结往背上一背，转身要走。

"等一下！我问你，你把人家新娘子藏到哪儿去了？"

紫薇好奇地问。

"这个嘛，恕我不便奉告。"

"你劫持新娘，盗取财物，又大闹礼堂，害得梁家的婚礼结不成，你会不会太过分了？难道你不怕闯出大祸来？你知不知道你这么做是犯法，要被关起来的。"

"我犯法？你有没有搞错，我小燕子向来是路见不平、拔刀相助的女英雄，我会犯法？犯法的是梁家那对父子，你懂不懂？"她瞪着大眼睛，抬高声音说着，看到紫薇一脸茫然，恍然大悟，"你们是从外地来的吧？"

紫薇点点头。

"那就难怪了，你们知不知道，梁家父子根本就不是好东西！看人家姑娘长得漂亮，也不管人家订过婚没有、愿不愿意，就硬是要把程姑娘娶进门。"

"你怎么会知道的？"

"事情就是巧极了，昨儿夜里，我一时高兴，到程家去'走动走动'，就给我撞到一件大事，原来新娘子正在上吊，被我救下来了！那个程姑娘才哭哭啼啼告诉我的！你想，我小燕子碰到这种事，怎么可能不帮忙呢？"

"有这种事？"紫薇悚然而惊。

"我骗你干什么！现在我可以走了吧？"

"那程姑娘人呢？"

小燕子瞧瞧四周，发现没有人在注意她们的谈话，就压低嗓子说：

"她已经连夜逃走了！现在，早就到安全的地方去了！"

"逃得掉吗？梁家一找，不就知道你们是一党了？还会放过程家人吗？"

"我们早就套好词了，程家现在正准备大闹梁府，问他们要女儿呢！反正一口咬定，女儿被梁家弄丢了就对了！"

"你真是胆大包天，你不怕被逮住呀？"紫薇真是又惊又稀奇。

"我？我会那么容易就叫人逮住？！哼！你们也太小看我了，我小燕子是出了名的来无影，去无踪，天不怕地不怕，没人留得住我的。"

"这会儿都走光了，当然由得你说喽！……"金琐笑了。

小燕子也笑了。紫薇和小燕子，就忍不住彼此打量起来。紫薇看到小燕子长得浓眉大眼，英气十足，笑起来甜甜的，露出一口细细的白牙。心里就暗暗喝彩，没想到，"女飞贼"也能这样漂亮！小燕子看到紫薇男装，仍然掩饰不住那种娇柔妩媚，心想，所谓"大家闺秀"，大概就是这个样子了！两人对看半晌，都有一见如故的感觉。但是，小燕子是没什么耐心的，这街道上还有追兵，不是可以逗留的地方。就看了看那件缀满珠宝的新娘装，一笑说：

"幸好还捞到一件新娘衣裳，总可以当个几文钱吧！

再见喽！"

　　小燕子就头也不回地扬长而去了……紫薇看着她的背影，这样的人，是她这一生从来没有见过的。她活得那么潇洒，那么自信，那么无忧无虑！一时之间，紫薇竟然羡慕起小燕来了。

　　紫薇并不知道，小燕子注定要在她生命里扮演一个重要的角色，小燕子和紫薇，来自两个截然不同的世界，应该是八竿子打不着的。可是，命运对这两个女子，已经作了一番安排。天意如此，她们要相遇相知，纠纠缠缠。

第二章

紫薇和小燕子第二次见面，是在半个月以后。

那天，她的心情低落。到北京已经一段日子了，自己要办的事，仍然一点眉目都没有。眼看身上的钱，越来越少，真不知道是不是放弃寻亲，回济南去算了。金琐看到紫薇闷闷不乐，就拉着紫薇去逛天桥。

到了天桥，才知道北京的热闹。

街道上，市廛栉比，店铺鳞次，百艺杂耍俱全。

地摊上，摆着各种各样的古玩、瓷器、字画。琳琅满目，应有尽有。

紫薇、金琐仍然是女扮男装。紫薇背上，背着她那个看得比生命还重要的包袱。紫薇不时用手勾着包袱的前巾，小心翼翼地保护着。

两人走着走着，忽然听到群众哄然叫好的声音，循声看去，有一群人在围观着什么。两人就好奇地挤进了人群。

只见，一对劲装的年轻男女，正在拳来脚去地比画着。地下插了面锦旗，白底黑字绣着"卖艺葬父"四个字。

那一对男女，一个穿绿衣服，一个穿红衣服，显然有些功夫，两人忽前忽后，忽上忽下，打得虎虎生风。

金琐忽然拉了紫薇一把，指着说：

"你看你看，那个大闹婚礼的小燕子也在那，你看到没有？"

紫薇伸头一看，原来小燕子也在人群中看热闹。

两人眼光接个正着。小燕子愣了一下，认出她们两个了，不禁冲着她俩咧嘴一笑，紫薇答以一笑。小燕子便掉头看场中卖艺的两人。

此时，两人的卖艺告一段落，两人收了势，双双站住。男的就对着围观的群众，团团一揖，用山东口音，对大家说道：

"在下姓柳名青，山东人氏，这是我妹子柳红。我兄妹俩随父经商来到贵宝地，不料本钱全部赔光，家父又一病不起，至今没钱安葬，因此斗胆献丑，希望各位老爷少爷、姑娘大婶，发发慈悲，赐家父薄棺一具，以及我兄妹回乡的路费，大恩大德，我兄妹来生做牛做马报答各位。"

那个名叫柳红的姑娘，就眼眶里蓄满了泪水，捧着一只钱钵向围观的群众走去。

群众看热闹看得非常踊跃，到了捐钱的时候，就完全不同了，有的把手藏在衣袖里不理，有的干脆掉头就走。只有少数人肯掏出钱来。

"他们是山东人，跟咱们是同乡呀！"紫薇转头看金琐，激动地开了口。

金琐对紫薇摇摇头，按住紫薇要掏钱包的手。

这时，小燕子忽然跃入场中，拿起一面锣，敲得"哐哐"的好大声。一面敲着，一面对群众朗声地喊着：

"大家看这里，听我说句话！俗话说得好，在家靠父母，出外靠朋友！各位北京城的父老兄弟姐妹大爷大娘们，咱们都是中国人，能看着这位山东老乡连埋葬老父、回乡的路费都筹不出来吗？俗语说，天有什么雨什么风的，人家出门在外，碰到这么可怜的情况，我看不过去，你们大家看得过去吗？我小燕子没有钱，家里穷得答答滴，可是……"她掏呀掏，从口袋里掏出几个铜板来，丢进柳红的钵里，"有多少，我就捐多少！各位要是刚才看得不过瘾，我小燕子也来献丑一段，希望大家有钱出钱，有力出力，务必让这山东老乡早日成行！柳大哥，咱们比画比画，请大家批评指教，多多捐钱啊！请！"

小燕子朝柳青抱拳一揖，然后就闪电一般地对柳青一拳打去。

柳青慌忙应战，两人拳来脚往，打得比柳红还好看。小燕子的武功，显然不如柳青，可是，柳青大概是太感动了，不敢伤到小燕子，难免就顾此失彼。小燕子有意讨好观众，一忽儿摘了柳青的帽子，一忽儿又把帽子戴到自己头上，一忽儿又去扯柳青的腰带，拉柳青的衣领，像个淘气的孩子。弄得柳青手忙脚乱，应接不暇。

围观的群众，不禁哈哈大笑。

柳红趁此机会，捧着钱钵向众人走去。

紫薇再也忍不住了，伸手掏钱。金琐急忙提醒她：

"我们剩的那些钱，已经快不够付房钱了……"

"看在都是山东人的分上，也不能不帮呀！何况，连小燕子都慷慨解囊了！我怎么能袖手旁观呢？"紫薇有些激动地说，已经掏出一小锭银子放入钵中。

"喏，这个给你！姑娘，我诚心祝福你们兄妹能够早日回乡。"

柳红看到紫薇出手就是银锭子，不禁一怔，有些不安地看看紫薇，弯腰道谢，便匆匆向前继续募捐。

经过小燕子的起哄，紫薇的慷慨，群众也都感动了，纷纷解囊，钱钵里渐渐装满。

紫薇和金琐浑然不知，自己的出手和背上的包袱，已经引起歹徒的注意。有个大汉，一声不响地蹭到两人身后，轻巧、熟练地抽出匕首来，割断紫薇背上包袱的两端，拿着包袱，转身就跑。

小燕子和柳青的表演赛正在高潮，小燕子要偷袭柳青，不料却被柳青揪住裤腰，单手举在半空中，小燕子吓得哇哇大叫：

"好汉饶命，我下次不敢了！救命啊！"

众人哈哈大笑。

小燕子在半空中，忽然看见歹徒偷了紫薇的包袱，正要溜走，不禁放声大喊：

"哪儿来的小偷！别走！你给我站住！"

小燕子这样一喊，歹徒拔腿就跑，柳青大吼一声，用力把小燕子向外一掷，小燕子如纸鹞般飞过众人的头顶，落下地，就向歹徒追去。

紫薇这才惊觉，伸手一摸，包袱已经不翼而飞，吓得魂飞魄散。

"天啊！我的包袱！"

"快追啊！"金琐喊着，拉着紫薇，没命地奔向歹徒的方向。

柳青和柳红两兄妹，也顾不得卖艺了，两人脚不沾尘地，也追向小燕子。

紫薇和金琐，跌跌撞撞地跑了好半天，这才看到，在一条巷子里，小燕子、柳青、柳红三人围住了歹徒，正打得天翻地覆。小燕子一面打，一面痛骂不已：

"在我面前卖功夫，你简直瞎了眼！还不给我把包袱放下！"

柳青也破口大骂：

"大胆毛贼，居然敢对我们的客人动手！看掌！"

歹徒哪里是这三人的对手，被打得七零八落。几下子，就被小燕子抓住了衣领。

"你要偷要抢，也要看看物件，人家也是出门在外的人，你偷了别人的盘缠，教人怎么回家？简直是个下三烂！"

歹徒知道今天栽了，愤愤不平地大嚷：

"大家都是走江湖，怎么你们可以用骗的，我不可以用偷的？"

"你还有的说？我们是让人家心甘情愿拿出来，你算什么？"小燕子大喊。

"还不把东西交出来？想送命吗？"柳青一拳打过去。

"不给你点厉害的瞧瞧，你不服气，是不是？"

柳红又一拳打过去。

歹徒知道没戏可唱了，大吼一声，抛出手中包袱，乘机飞逃而去。

紫薇看着包袱划过空中，不禁狂奔过去接包袱。

紫薇尚未接到包袱，小燕子已飞掠过去，稳稳地托住包袱，笑嘻嘻地一站。

"姑娘！谢谢你，为我追回了包袱，如果这些东西丢了，我就活不成了！"紫薇喘着气，气急败坏地说。

"这么严重？里面有多少金银珠宝呀？你赶快看看，

有没有被调包啊?"小燕子挑着眉毛说。

一句话提醒了紫薇和金琐两个,立刻紧紧张张地拆开包袱,小燕子好奇地伸头一看,只见包袱里还有包袱,层层包裹。紫薇一层层解开,里面,赫然是一把折扇和一个画卷。紫薇见东西好好的,不禁长长地松了一口气,把字画紧贴在胸口抱了抱,眼眶都湿了。

"谢天谢地!东西都在!"

小燕子睁大了眼睛。

"搞了半天,你这里面没有金银财宝,只有破字画,早知道就不帮你追了!费了我们那么大的劲儿!"

"你不知道,这些可是我们小姐的命,比任何金银财宝都重要!"金琐慌忙解释。

"谢谢你们捐了那么多银子,不好意思!现在,帮你们追回字画,算是回敬吧!"柳红对紫薇笑了笑。

"好了,东西找回来,就没事啦。小燕子,咱们还去'卖艺葬父'呢,还是今天就收工了?"柳青问小燕子。

紫薇这才惊觉,原来三人是一伙的,愕然地看着三人。

"原来……你们不是卖艺葬父,是在演戏?"

小燕子嘻嘻一笑,满不在乎地说:

"演得不坏吧?我的武功虽然不怎么样,我的演技可是一流的!"

紫薇啼笑皆非。

小燕子看看紫薇主仆，见两人文文弱弱、一副很好欺负的样子，不知怎的，就对两个人有点不放心。

她那爱管闲事的个性，和生来的热情就一起发作了，甩了甩头，她豪气地说：

"你们住哪里？我闲着也是闲着，送你们一程！"

就转头对柳青、柳红挥挥手："今天不用干活了，大杂院见！"

当小燕子走进紫薇客栈的房间，忍不住惊叫：

"哇！住这么讲究的房间，你们一定是有钱人！"

"什么有钱人，已经快要山穷水尽了。"紫薇叹口气，抬头看着小燕子，"姑娘，再谢你一次！"

"别姑娘姑娘的乱叫，叫我小燕子就成了。上回你们帮过我，咱们一报还一报，算是扯平了。我走了！"转身就要走。

"等一下！"紫薇喊着，诚挚地看着小燕子，柔声地说，"为什么要骗人呢？赚这种钱，你不会问心有愧吗？"

"问心有愧？为什么要问心有愧？我又演戏给大家看，又表演武术给大家看，还要宝给大家看，今天还奉送了一场'捉贼记'，这么精彩，值得大家付费欣赏吧！"

紫薇见小燕子振振有词，不禁失笑。

"我从没见过你这样的人，骗了别人，好像还很心安理得的样子！我觉得，你利用大家的同情心，骗取钱财，多少有点不够光明，我看你和那柳家兄妹，年纪轻轻，又有一身好功夫，为什么不做一点正经八百的事？"

"哈！你算什么女学究，动不动就训人？我们靠本事赚钱，有什么不对？"

"骗人就不对。"

"那你们主仆两个，一天到晚穿着男装到处晃，不是在骗人吗？"

紫薇一怔，竟答不出话来。

"活在这个世界上，想要不骗人，实在是不太容易的事！你想想看，你从小到大，没撒过谎吗？不可能的！我们本来就生在一个人骗人的世界里！我知道你是读过书的大家小姐，可别被那些大道理，弄成一个书呆子！如果你不会骗人，你就会被别人骗！骗人和被骗比起来，还是骗人比较好！嘻嘻！"

紫薇惊异而稀奇地看小燕子。

"哇！你的大道理比我还多！我说一句，你说了好多句！听起来，好像我还很没道理似的！"

"道理是一回事，生活是另外一回事！道理可填不饱肚子！"

紫薇深深地凝视着小燕子。

"我们萍水相逢，真是有缘。虽然两次见面，情况都满离谱，可是，不知道为什么，我对你竟然有种'一见如故'的感觉。好喜欢你的潇洒，好欣赏你的自由。所以，忍不住就讲出心里的话来了！你不要介意，我觉得你这种过日子的方式，实在有些旁门左道！为什么不去找个工作做呢？”

“找工作？你说得容易！到哪儿去找？柳青柳红也找过，要不就被人当奴才，要不就被人当把戏，受气不说，还吃不饱，穿不暖！再说，我们那大杂院里，住了一院子老老小小，都是无依无靠的可怜人，如果我们不照顾他们，他们靠谁去？”小燕子耸耸肩，看紫薇，“没办法！你说那个什么门、什么道？”

“旁门左道！”紫薇一愣。

“旁门左道？哈！我学了一个新词！这个门和道大概不是好门道，可好歹还能混点钱，咱们虽然骗得大家掏腰包，并没有强迫谁一定要拿出来！你知道吗？有钱做好事的人，都不是没饭吃的人！比起我们那个大杂院，就强太多了！”

“你那个大杂院，住了好多无家可归的人呀？”紫薇听得一愣一愣的。

“可不是吗？大家常常饿肚子，生了病，也没钱治，好可怜啊！上个月，季老奶奶就在没钱买药的情况下，凄凄惨惨走了。”

“哦！”

“算了，别说了，说了你也不懂的！”

“不，我懂，我全都懂！”

“你懂什么？你有爹有娘，有吃有穿，还有丫头侍候，你根本就是不知道人间疾苦，不知道天高地厚，也不知道挨饿受冻是什么滋味的千金大小姐。"

紫薇叹了口气。

"我虽然没有挨饿受冻，可是，我娘死了，我逼不得已，离乡背井，千里迢迢来北京找我爹，爹没找着，却到处碰钉子，受人气……几乎已经走投无路了，我也有我的辛酸啊！"

"你说什么？你不是偷偷带着丫头溜出来玩，玩腻了就要回家的大小姐？"

紫薇苦笑摇头。

"我早就没有家了，你要我回哪儿去？"

小燕子怀疑地盯着紫薇看，又看看金琐。

金琐忍不住插嘴了：

"我们小姐，是来北京寻亲的！离开济南的时候，已经做了破釜沉舟的打算，把房子卖了，才有路费来北京！谁知道一走就走了半年，现在，路费都快用完了，如果再找不到她爹，就简直不知道要怎么办了。"

小燕子同情地看着紫薇。

"原来，你也没有娘，又找不着爹……唉！比我也差不了多少！我是连爹娘长什么样都不知道，到处流浪着长大的！"

紫薇和小燕子，彼此深深互视，都有"同是天涯沦落人，相逢何必曾相识"之感。

"北京城可大着呢，要找个人不是那么容易的事，你爹到底住哪儿？你有谱没有？"小燕子问。

紫薇犹豫了一下，想说什么，金琐生怕紫薇在一个冲动之下，说出天大的秘密，就急忙说：

"当然有一些线索，只是失散的时间太久，找起来要费一点工夫！恐怕还不是短时间办得到的。"

小燕子立刻豪气地一笑。

"如果用得着我，我一定全力帮忙，打听人和事，我还有点办法……不过，都是'旁门左道'的办法哟！我住在柳树坡狗尾巴胡同十二号，一个大杂院里，有事，尽管找我！"就伸手给紫薇，"我的名字你已经知道啦！小燕子！你呢？"

紫薇好感动，将小燕子的手紧紧一握。

"我姓夏，名叫紫薇。就是紫薇花那个紫薇！"

"好美的名字，人和名字一样美！"

"你还不是！"

小燕子大笑，紫薇也忍不住笑了起来。

笑完了，两人彼此看着看着，虽然出身不同，背景不同，受的教养更是完全不同，两人之间，竟然闪耀出一种神奇的友谊。人间，这种"神奇"，是所有故事的原动力，是人与人之间最微妙最可贵的东西。

紫薇就这样认识了小燕子。改变了两个女子以后的命运。

紫薇和小燕子第三次见面，是在狗尾巴胡同的大杂院里。

　　那天，紫薇特地来到大杂院，拜访小燕子。在一群孩子的包围下，在柳青、柳红的惊讶中，小燕子从房间里奔出来，拉着紫薇的手乐不可支。

　　"找不着你爹，所以来找我了？需要我的'旁门左道'来帮忙，是不是？"小燕子叽里呱啦地喊着。

　　金琐插嘴了：

　　"我们小姐不是来求助的，是来'助人'的！"

　　"啊？"小燕子不解。

　　紫薇笑笑，从怀里拿出一个钱袋，塞进小燕子的手里，诚挚地说：

　　"这儿是几锭碎银子，我凑合出来的！上次听你说，这儿好多人都没饭吃，没钱看病，心里一直很难过……可惜我也是泥菩萨过江，自身难保。没办法多拿出什么来，尽一点点自己的力量而已，你收着！给大伙儿用！"

　　小燕子惊愕极了，睁大了眼睛，不敢相信地看着紫薇。

　　"你上次不是说，你也快走投无路了吗？你哪儿来的钱？"

　　"小姐把太太留给她的一对翡翠耳环和翡翠镯子，都给卖了。"金琐说。

　　柳青、柳红不相信地看着紫薇。

"你把你娘给你的纪念品给卖了？"

"反正我也用不着！搁在身上挺碍事的，我整天跑来跑去的，都不知道藏在哪儿好。说不定哪一天，就被小偷偷走，或者，被强盗抢走！卖了反而干净。"

紫薇笑笑说。

小燕子一眨也不眨地看着紫薇。

"我从没有遇到过像你这样的人！我相信，在这个世界上，你是绝无仅有的了！难道……你不怕，我是装穷来骗你的？"

紫薇看看院子里的老人和孩子。

"我知道你不是骗我的。"

小燕子太感动了。从小，她无父无母，成长的过程，充满了苦难和艰辛，这是第一次，她遇到这么"高贵"的人，对她没有轻视，只有信任。这使她整颗心都热腾腾起来，一把握住紫薇的手，她就热情洋溢地喊道：

"我看，你干脆搬到我这儿来，和我一起住吧！"

"搬到这儿来？"紫薇一怔。

"怎么？你嫌这地方太破烂，配不上你大小姐的身份？"

"你又来了，我跟你说过，我现在的情况还不如你呢，你至少还有这么个地方住，还有好多朋友做伴，我是什么都没有！"

"那么，你还犹豫什么？搬过来算了！我这里虽然简陋，但是还宽敞，多你们两个人绝不成问题！你不是说不知道哪年哪月才能见到你爹吗？现在，你把你娘给你的首饰也卖了，住客栈每天要钱，你还够撑多久？再说，那个客栈里人来人往，复杂得很！我看你们两个一点心机都没有，搞不好被人骗去卖了，都说不定！"

紫薇失笑了。

"……哪有那么笨？又不是傻瓜，怎么会被人骗去卖了呢？"

小燕子拼命点头。

"会会会！我看就会！你瞧，对于一个从不认识的人，你都把贴身家当拿出来了，你不知道我一天到晚在骗人吗？你这么天真，怎么从济南走到北京的，我都奇怪得很，应该老早就出事了！"

"你把人心想象得太坏了！你看，你对我还不是一点都不了解，就邀我来家里住，可见，人间处处有温情呢！"紫薇笑着说。

"我不同！我是江湖豪杰，你碰到我，是你命里遇到贵人啦！"

"是！"紫薇更是笑。

"说了半天，你到底要怎样呢？还要住客栈？"

紫薇挑起眉毛，干脆地说：

"当然搬过来，和我的'贵人'一起住啦！"

就这样，紫薇和金锁，也搬进了大杂院，成为大杂院里三教九流里的另一类人物，成为小燕子的好友、知己和姐妹。

一个月以后，紫薇和小燕子就在大杂院中，诚诚恳恳地烧了香，拜天拜地，结为姐妹。金琐、柳青、柳红和大杂院里的孩童们、老人们全是见证。

小燕子跪在香案前，对着天空说了一大串话：

"天上的玉皇大帝，地下的阎王菩萨，还有柳青柳红金琐和所有看得见我们、看不见我们的人，还有猫儿狗儿鸟儿老鼠蛐蛐儿……各种动物昆虫，还有花儿树儿云儿月儿……你们都是我小燕子的见证，我今天和夏紫薇结为姐妹，从今天起，有好吃的一起吃，有好衣裳一起穿，和亲姐妹一模一样，如果违背誓言，会被乱刀砍死！五马分尸！"

小燕子说完，清澈的双眸看着紫薇。

"紫薇，该你了！"

紫薇诚心诚意地也拜了八拜。

"苍天在上，后土在下，我夏紫薇和小燕子……"

紫薇顿了顿，转头看小燕子："小燕子，你姓什么？"

小燕子皱皱眉头。

"小时候，我被一个尼姑庵收养，我的师父说，我好像姓江，可是无法确定！到底姓什么，我真的不知道！"

紫薇心中一阵恻然。

"那你今年多大了？几月生的？"

"我只知道我是壬戌年生的，今年十八岁。几月就不清楚了。"

"我也是壬戌年生的！我的生日是八月初二，那么，我们谁是姐姐，谁是妹妹呢？"

"当然我是姐姐，你是妹妹！你是八月初二生，我就算是八月初一生的好了！"小燕子一股理直气壮的样子。

"可以这样'算是'吗？"紫薇怔着。

"当然可以！我决定了，我就是八月初一生的！"

小燕子直点头。

于是，紫薇虔诚焚香，拜了再拜，诚心诚意地说道：

"皇天在上，后土在下，我，夏紫薇和小燕子情投意合，结为姐妹！从今以后，有福同享，有难同当，患难扶持，欢乐与共！不论未来彼此的命运如何、遭遇如何，永远不离不弃！如违此誓，天神共厌！"

紫薇说完，两人便虔诚地拜倒于地，对天磕头。

结拜完了，紫薇看着小燕子，温柔地说：

"小燕子，现在我们是姐妹了，以后别人问你姓什么，你不要再说不确定、不知道！我姓夏，你也跟着我姓夏吧！"小燕子感动得落泪了，用力地一点头。

"夏，好极了！夏天的紫薇花，夏天的小燕子！好！从今以后，我有姓了！我姓夏！我有生日了，我是八月初一生的！我有亲人了，就是你！"两个姑娘含泪互视，心里都被温柔涨满了。

旁观的人，也都深深地感动了。

紫薇和小燕子结拜的当晚，紫薇就向小燕子全盘托出了自己的大秘密。

桌上，摊着紫薇那从不离身的包袱。包袱里，一把画着荷花、题着词的折扇，摊开着。另外，那个画卷也打开了，画着一幅"烟雨图"。

紫薇郑重地开了口：

"小燕子，我有一个秘密，一定要告诉你！你看这把折扇，上面有一首诗，我念给你听。"就一字一字地念着，"雨后荷花承恩露，满城春色映朝阳。大明湖上风光好，泰岳峰高圣泽长。"

小燕子仔细地看着扇面，看得一头雾水。

"这可把我给考住了！画，我还看得懂，是一枝荷花！这字写得跟鬼画符似的，我就不知道写的是什么了。"

紫薇慌忙说：

"你不认得没关系！我只是要给你看看这把折扇，和那个画卷，都是我爹亲自画的，上面的诗，是我爹亲自题的！折扇上面这枝荷花和诗，暗嵌着我娘的名字，我娘，名夏雨荷！"

紫薇说着，便指着那画卷的题词，念着：

"辛酉年秋，大明湖畔，烟雨蒙蒙，画此手卷，聊供雨荷清赏。你看，这是画给我娘的。"又指着下款，"这是我爹的签名！"她看了看小燕子，压低嗓音，慎重已极地轻轻念道，"宝历绘于辛酉年十月！这儿还有我爹的印鉴！印鉴上刻的是长春居士。"

小燕子专注地听着，仔细地看着。听得也糊里糊涂，看得也糊里糊涂。

"原来这些是你爹的手迹！你爹名字叫宝历？"

"嘘！声音小一点！"

小燕子困惑极了，瞪了紫薇一眼。

"你干吗神秘兮兮的？你和你爹到底是怎么失散的呢？失散多久了呢？"

"我从来没有见过我爹！我想，我爹也不知道，这个世界上有个我。""啊？怎么会呢？难道你爹和你娘成亲就分开了？"

"我爹和我娘从来没有成过亲！"

"啊？难道……你爹和你娘，是……私订终身？"

"也不完全是这样，我外公和外婆当时是知道的，我想，他们心里想成全这件事，甚至是希望发生这件事的！我外公当时在济南，是个秀才，听说，那天我爹为了避雨，才到我家小坐，这一坐，就遇到了我娘，后来小坐就变成小住。小住之后，我爹回北京，答应我娘，三个月之内，接我娘来北京。可是，我爹的诺言没有兑现，他大概回到了北京，就忘掉了我娘！"

小燕子听得义愤填膺。

"岂有此理！这痴心女子负心汉，是永远不变的故事！你外公怎么不找他呢？"

"我外公有自己的骄傲，一气，就病死了！我外婆是妇道人家，没有主意。过了几年，也去世了！我娘未婚生女，当然不容于亲友，心里一直怄着气，跟谁都不来往。也从来不告诉我有关我的身世，直到去年，她临终的时候，才把一切告诉我，要我到北京来找我爹！"

小燕子气得哇哇大叫：

"算了！这样的爹，你还找他干什么？他如果有情有义，就不会让你娘这样委委屈屈地过一辈子！十八年来对你们母女管都不管、问都不问，就算他会画两笔画、会作几首诗，也没有什么了不起！你认了吧！这样的爹，根本不可原谅，不要找了！就当他根本不存在！"

紫薇眼睛湿了，酸楚地说：

"可是，我娘爱了他一生，临终的时候，再三叮嘱我，一定要找到我爹，问他一句，还记得大明湖边的夏雨荷吗？"

"你娘太傻了！他当然不记得了，记得，还会不回来吗？这种话，你不用问了！搞了半天，你和我还真是一样苦命，原来你这个夏是跟你娘姓，你爹姓什么，你大概也搞不清楚！"

紫薇瞪着小燕子，用力点点头，清清楚楚地说：

"我搞得清楚！他姓'爱新觉罗'！"

小燕子大吃一惊，这才惊叫出来：

"什么？爱新觉罗？他是满人？是皇室？难道是个贝勒？是个亲王？"

紫薇指着画卷上的签名，说：

"你知道，宝历两个字代表什么吗？宝是宝亲王，历是弘历！你总不会不知道，咱们万岁爷名字是'弘历'，在登基以前，是'宝亲王'。"

"什么？你说什么？"小燕子一面大叫，一面抓起折扇细看。

紫薇对小燕子深深点头。

"不错！如果我娘的故事是真的，如果这些墨宝是真的……我爹，他不是别人，正是当今圣上。"

小燕子这一惊非同小可，手里的折扇"砰"的一声落地。

紫薇急忙拾起扇子，又吹又擦的，心痛极了。

小燕子瞪着紫薇，看了好半天，又"砰"的一声，倒上床去。

"天啊！我居然和一个格格拜了把子！天啊！"紫薇慌忙奔过去，蒙住她的嘴。

"拜托拜托，不要叫！当心给人听到！"

小燕子睁大眼睛，不敢相信地，对紫薇看来看去。

"你这个爹……来头未免太大了，原来你找梁大人，就为了想见皇上。"

紫薇拼命点头。

"后来，我知道他是个贪官，就没有再找他了！"

"可是……你这样没头苍蝇似的，什么门路都没有，怎么可能进宫？怎么可能见到他呢？"

"就是嘛！所以我都没辙了，如果是只小燕子，能飞进宫就好了！"

小燕子认真地沉思起来。

"如果你进不了宫，就只有等皇上出宫……"

紫薇大震，眼中亮出光彩。

"皇上出宫？他会出宫？"

"当然！他是一个最爱出宫的皇帝。"

紫薇看着小燕子，深深地吸了口气，整个脸庞都发亮了。

第三章

乾隆，那一年正是五十岁。

由于保养得好，乾隆看起来仍然非常年轻。他的背脊挺直，身材颀长。他有宽阔的额头，深透的眼睛，挺直的鼻梁，和坚毅的嘴角。已经当了二十五年的皇帝，又在清朝盛世，他几乎是踌躇满志的。当然，即使是帝王，他的生命里也有很多遗憾，很多无法挽回的事。但是，乾隆喜欢旅行，喜欢狩猎，给了他一个排遣情绪的管道，他活得很自信。这种自信，使他自有一股不怒而威的气势。骑在马背上，他英姿焕发，风度翩翩，一点也不逊色身边的几个武将。鄂敏、傅恒、福伦都比他年轻，可是，就没有他那种"霸气"，也没有他那种"书卷味"。能够把霸气和书卷味集于一身的人不多，乾隆却有这种特质。

现在，乾隆带着几个阿哥，几个武将，无数的随从，正在西山围场狩猎。

乾隆一马当先，向前奔驰，回头看看身边的几个小辈，豪迈地大喊着：

"表现一下你们大家的身手给朕看看！别忘了咱们大清朝的天下就是在马背上打下来的，能骑善射是满人的本色，你们每一个，都拿出看家本领来！今天打猎成绩最好的人，朕大大有赏！"

跟在乾隆身边有三个很出色的年轻人。永琪是乾隆的第五个儿子，今年才十九岁，长得漂亮，能文能武，个性开朗，深得乾隆的宠爱。尔康和尔泰是兄弟，都是大学士福伦的儿子。尔康恂恂儒雅，像个书生，但是，却有一身的功夫，深藏不露。现在，已经是乾隆的"御前行走"，经常随侍在乾隆左右。尔泰年龄最小，身手也已不凡，是永琪的伴读，也是永琪的知己。三个年轻人经常在一起，感情好得像兄弟。

乾隆话声才落，尔康就大声应着：

"是！皇上，我就不客气了！"

"谁要你客气？看！前面有只鹿。"乾隆指着。

"这只鹿是我的了！"尔康一勒马往前冲去，回头喊，"五阿哥！尔泰！我跟你们比赛，看谁第一个猎到猎物！"

"哥！你一定会输给我！"尔泰大笑着说。

"且看今日围场，是谁家天下？"永琪豪气干云地喊，语气已经充满"王子"的口吻了。

三个年轻人一面喊着，一面追着那只鹿飞骑而去。

福伦骑在乾隆身边，笑着对三人背影喊道：

"尔康！尔泰！你们小心保护五阿哥啊！"

乾隆不禁笑着瞪了福伦一眼：

"福伦，你心眼儿也太多了一点！在围场上，没有大小，没有尊卑，不分君臣，只有输赢！你的儿子，和朕的儿子，都是一样的！赢了才是英雄！"

福伦赶紧行礼：

"皇上圣明！我那两个犬子，怎么能和五阿哥相提并论！"

"哈哈！朕就喜欢你那两个儿子。在朕心里，他们和我的亲生儿子并无差别，要不，朕怎么会走到哪儿都把他们两个带在身边呢？你就别那么放不开，让他们几个年轻人，好好地比赛一下吧！"乾隆大笑着说。

"喳！"福伦心里，洋溢着喜悦，大声应着。

马蹄杂沓，马儿狂嘶，旗帜飘扬。

乾隆带着大队人马，往前奔驰而去。

同一时间，在围场的东边，有一排陡峻的悬崖峭壁，峭壁的另一边，小燕子正带着紫薇和金锁，手脚并用地攀爬着这些峭壁，想越过峭壁，溜进围场里来。

悬崖是粗野而荒凉的，除了巍峨的巨石以外，还杂草丛生，布满了荆棘。

小燕子手里拿着匕首，不停地劈着杂草。

紫薇仍然背着她的包袱，走得汗流浃背，狼狈极了。

金琐也气喘吁吁，挥汗如雨。

"小燕子，我们还要走多久？"紫薇往上看看，见峭壁高不可攀，胆战心惊，问小燕子。

小燕子倒是爬得飞快，这点儿山壁，对她来说，实在不是什么大问题。

"翻过这座山，就是围场了。"

"你说翻过这座山，是什么意思？"

"就是从这个峭壁上越过去。"

"要越过这座峭壁？"金琐大吃一惊，瞪大眼看着那些山壁。

"是呀！除了这样穿过去，我想不出别的办法！皇上打猎的时候，围场都是层层封锁，官兵恐怕有几千人，想要混进去，那是门儿都没有！可是，从这峭壁翻越过去，就是狩猎的林子了！我以前也来偷看过，不会有错的。"

"天啊！我一定做不到！那是不可能的！我的脚已经快要断了！"金琐喊着。

"金琐！你拿出一点勇气来，别给你家小姐泄气！"

紫薇脸色苍白。

"可是……我和金琐一样，我认为……这是不可能的，是我能力范围以外的事，我绝对没办法翻过这座山。"

"胡说八道！你翻不过也得翻，爬不过也得爬！"

小燕子拼命给两人打气："你听你听……"她把耳朵贴在峭壁上，"峭壁那边，号角的声音，马蹄的声音，都听得到！你和你爹，已经只隔着这一道山壁了！"

紫薇也把耳朵贴上去，可怜兮兮地喘着气：

"我什么都听不见！只听到我自己的心跳，'扑通扑通'的，快要从我嘴里跳出来了！"

"你争点气好不好？努力呀，爬啊！爬个山都不敢爬，还找什么爹？"小燕子大叫。

紫薇无奈，只得勉强地奋力往上爬去。她的手抓着山壁上的石头，脚往上爬，忽然间，脚下踏空，手中的石头居然应手而落，她尖叫了一声，整个人就往山壁下面滑落。小燕子回头一看，大惊失色，立刻飞扑过来，抱住了紫薇，两人向下滚了好半天，才刹住身子。

紫薇挣扎着抬起头来，吓得脸色惨白。她的衣服已经撕破，脸上手上，都被荆棘刺伤，但她完全顾不得伤痛，只是惊恐地喊着：

"我的包袱！我的包袱怎样了？"

小燕子惊魂甫定，慌忙检查紫薇背上的包袱。

"真的扯破了，赶快解下来看看。"

两人找了一块大石头，爬上去。小燕子帮紫薇解下包袱。

紫薇急急地打开画卷，发现完好如故，这才松了一口气。

小燕子也已打开折扇，细细检查。

"还好还好，字画都没有撕破……你怎样？摔伤没有？"

紫薇这才发觉膝盖痛得厉害，卷起裤管一看，膝上已经流血了。

"糟糕！又没带药，怎么办？"

紫薇看着小燕子，再抬头看看那高不可攀的山壁，当机立断地说：

"听我说，小燕子！我们三个人要想翻这座山，恐怕翻到明天早上，还翻不过去！但是，如果只有你一个人，就轻而易举了！事实上，山的那一边，到底是怎样一个局面，我们谁都不知道！也很可能翻了半天的山，依然见不到皇上！所以，我想，不如你带着信物，去帮我跑一趟吧！"

小燕子睁大眼睛看着紫薇。

"你要我帮你当信差！"

"是！"

小燕子想了想，抬头也看看那座山，重重地一点头：

"你说得对！再耽误下去，天都快黑了，就算到了围场，也找不着人了！"她决定了，有力地说：

"好！就这么办！"她郑重地看着紫薇，"你相信我，我会把这件事，当成自己的事来办！这些东西……”她拍拍字画，严肃地说道，“东西在，我在；东西丢了，我死！”

金琐早已连滚带爬地过来了，听到小燕子这样郑重的话，感动得一塌糊涂。

“小燕子！我代表我们小姐，给你磕一个头！”金琐往地上一跪。

小燕子慌忙拉住金琐。

“别这样！紫薇是我妹妹，紫薇的事，就是我的事，我不管，谁管？好了，我必须争取时间，不能再耽搁了！你们回大杂院去等我吧……我这一去，会发生什么事，自己也不能预料，所以，如果今晚我没有下山，你们不要在围场外面空等，你们先回北京，在大杂院里等我！”

紫薇点头，十分不舍地看着小燕子。

“小燕子！你要小心！”

“我会的！你也是！”小燕子便将包袱牢牢地缠在腰际。

紫薇一个激动，紧紧地抱了小燕子一下。

小燕子便飞快地去了。

一只鹿在丛林中奔窜。

马蹄飞扬，号角齐鸣。

尔康一马当先，大嚷着：

“这只鹿已经被我们追得筋疲力尽了！五阿哥，对不起，我要抢先一步了。"

尔康拉弓瞄准，尔泰却忽然惊叫起来，对左方一指：

"哥！那边居然有一只熊！快看快看！我以为围场里已经没有熊了，这只熊是我的了，你可别抢！"尔康的箭，立刻指向左方。

"熊？熊在哪里？"

永琪急忙拉弓，瞄准了那只鹿，哈哈大笑着说：

"尔泰，谢谢帮忙！今天'鹿死谁手'，就见分晓了！承让承让！哈哈！"

尔康一笑，对尔泰很有默契地看了一眼，什么有熊？不能抢五阿哥的风头，才是真的。

永琪拉足了弓，嗖的一箭射去。

到底，那个姑娘是从哪儿冒出来的，尔康、尔泰和永琪谁都弄不清楚。到底那只鹿怎么一下子就不见了，伏在草丛里的竟然变成一个女子，大家也都完全莫名其妙。只知道，永琪那一箭射去，只听到一声清脆的惨叫：

"啊……"

接着，是个身穿绿衣的女子，从草丛中跳起来，再重重地坠落地。永琪那把利箭，正中女子的前胸。

变生仓促，尔康、尔泰、永琪大惊失色。三个人不约而同，快马奔来。

永琪见自己伤到了人，翻身落马，低头一看，小燕子脸色苍白，眼珠黑亮。永琪想也没想，一把就抱起小燕子。

小燕子胸口插着箭，睁大了眼睛，看着永琪。

"我要见皇上！"

当小燕子被带到乾隆面前的时候，已经气若游丝，奄奄一息了。

"什么？女刺客？这围场重重封锁，怎么会有刺客？"乾隆不信地喊着。

侍卫、大臣、鄂敏、傅恒、福伦全部围了过来，看着躺在地上的小燕子。

永琪气急败坏，直着喉咙喊：

"皇阿玛！李太医在不在？让他赶快看看这位姑娘，还有救没有？"

"这就是女刺客吗？"乾隆瞪着地上的小燕子。

"女刺客？谁说她是刺客！"永琪无意间射伤了人，又是这样一个标致的姑娘，说不出心里有多么懊恼，情不自禁，就急急地代小燕子解释起来，"我看她只身一人，说不定是附近的老百姓……不知道怎么会误入围场，被我一箭射在胸口，只怕有生命危险！李太医！赶快救人要紧！"

李太医是每次打猎都随行在侧的，这时，奔出了行列，大声应着：

"臣在！"

福伦滚鞍下马，奔上前去看小燕子：

"等一下！这件事太奇怪了，怎么会有一个年纪轻轻的姑娘单身在围场？还是先检查一下比较好！"

小燕子躺在那儿，始终还维持着神志，她往上看，黑压压的一群人，个个都盯着自己。皇上？谁是皇上？死了，没有关系，紫薇的信物，不能遗失！她挣扎着，伸手去摸腰间的包袱，嘴里断断续续地喊着：

"皇上……皇上……皇上……"

尔康觉得奇怪，对永琪说道：

"你听她嘴里，一直不停地在叫皇上！显然她明知这里是围场，为了皇上而来！这事确实有点古怪！"

福伦顺着小燕子的手，眼光锐利地扫向小燕子腰间，大吼道：

"不好！她腰间鼓鼓的，有暗器！大家保护皇上要紧！"

福伦情急，一脚踢向小燕子，小燕子滚了出去，伤上加伤，嘴角溢出血来。

鄂敏拔剑，就要对小燕子刺去。

"阿玛！鄂敏！手下留情啊！"尔康情急，一把拦住了鄂敏。

"审问清楚再杀不迟！"尔泰也喊。

"鄂敏！住手！"乾隆急呼。

鄂敏硬生生收住剑。

小燕子又惊又吓又痛，气若游丝，仰头望着乾隆，心里模糊地明白，这个高大的、气势不凡的男人，大概就是乾隆了。她便用尽浑身力气，把紫薇最重要的那句话，凄厉地喊了出来：

"皇上！难道你不记得十九年前，大明湖畔的夏雨荷了吗？"

小燕子喊完这句话，身子一挺，昏了过去。

乾隆大震。

"什么？什么？你说什么？你再说一遍！"永琪、尔康、尔泰围了过去。

"皇上，她已经昏厥过去了！"尔泰禀道。

"小心有诈！"福伦提醒着大家。

永琪伸手一把扯下小燕子的包袱。

"她一路用手按着这个包袱，看看是什么暗器？"

包袱倏然拉开，画卷和扇子就掉了出来。

"是一把扇子和一卷画。"永琪惊愕极了。

乾隆的心，怦然一跳，有什么东西，重重地撞击了他的心。他震动已极，大喊：

"什么？赶快拿给朕看！"

永琪呈上扇子和画卷。

乾隆打开折扇，目瞪口呆。他再展开画卷，更是惊心动魄，瞪着地上的小燕子，他忘形地大喊出声：

"永琪！抱她起来，给朕看看！"

"是！"永琪抱起小燕子，走到乾隆身边。

乾隆震动无比地看着那张年轻的、姣好的面孔，那弯弯的眉，那长长的睫毛，那苍白的脸，那小小的嘴，和那毫无生气的样子……他的心陡然绞痛，一些尘封的记忆，在一瞬间翻江倒海般地涌上。他喘着气，一迭连声地大喊道：

　　"李太医！赶快诊治诊治她！朕要她活着！治不好，就小心你的脑袋！"

　　小燕子有一连串的日子，都是神志不清的。

　　模糊中，她睡在一床的锦被之中，到处都是软绵绵、香喷喷的。模糊中，有数不清的太医在诊治自己，一会儿打针，一会儿喂药。模糊中，有好多仙女围绕着自己，仙女里，有一个最美丽温柔的脸孔常常在她眼前出现，嘘寒问暖，喂汤喂药。模糊中，还有一个威严的、男性的面孔常在满屋子的跪拜和"皇上吉祥"中来到，对自己默默地凝视，轻言细语地问了许多问题。

　　小燕子就在这些"模糊中"，昏昏沉沉地睡着，被动地让人群侍候着。她并不知道，就在她的迷迷糊糊里，乾隆已经在无数的悔恨和自责中，肯定了她的身份。

　　那一天，乾隆来到小燕子床前，小燕子正发着热，额上冒着汗，嘴里念念有词。

　　"疼……好疼……扇子，画卷……别抢我的扇子……东西在，我在。东西丢了，我死……"

　　乾隆听着这些话，看着那张被汗水弄湿的脸庞，心里涨满了怜惜。

"喂喂！醒一醒！"乾隆拍拍小燕子的面颊，"朕说话你听得到吗？能不能告诉朕一些你的事？你几岁啦？"

小燕子在"模糊"中，还记得和紫薇的结拜。

"我十八，壬戌年生的……"她被动地答着，好像在做梦。

乾隆掐指一算，心中震动，继续问道：

"那……你几月生的？"

我有姓了，我姓夏。我有生日了，我是八月初一生的……

"我……八月初一，我有生日……八月初一……"

乾隆再一寻思，不禁大震。没错了，这是雨荷的女儿！

"你姓什么？"乾隆颤声地、柔声地问。

小燕子神思恍惚，睁眼看了看乾隆。

"没有……没有姓……"

"怎么会没有姓呢？你娘没说吗？"乾隆一阵心痛。

"紫薇说……不能说不知道，不确定……我有姓，我有我有……我姓夏……"这一下，乾隆完全坐实了自己的猜测，激动不已，忍不住就用袖子为小燕子拭汗，声音哑哑的，再问：

"你叫什么名字呢？"

"小……小燕子……"

乾隆愕然。这也算名字吗？这孩子是怎样长大的呢？受过委屈吗？当然，一定受过很多委屈的。雨荷，居然没有进京来找过自己！居然孤单单地抚养这个孩子长大！现在，雨荷在哪里？为什么小燕子会这样离奇地出现？太多的问题，只能等小燕子神志清醒了，才能细问。但是，这是雨荷的女儿，也是自己的女儿，没错了。

"小燕子，小燕子！"乾隆点点头，仔细地看着小燕子，不禁越看越爱，"小燕子……从湖边飞来的小燕子……好，朕都明白了！你好好养病，什么都不要担心了！朕一定要让你好起来！"

小燕子在一连串昏昏沉沉的沉睡以后，终于有一天，觉得自己醒了。

她动了动眼睑，看到无数仙女围绕着自己。有的在给她拭汗，有的轻轻打扇，有的按摩手脚，有的拿冷帕子压在她的额上……好多温柔的手，忙得不得了。她再扬起了睫毛，看到那个仙女中的仙女，最美丽温柔的那个，正对着自己笑。

"你醒了吗？知道我是谁吗？我是令妃娘娘！"

令妃娘娘？原来这个大仙女名叫"令妃娘娘"。小燕子再向旁边看，几个白发的太医，都累得东倒西歪，兀自不断地低声商量病情。她再转头环视，香炉里，袅袅地飘着轻烟轻雾。

小燕子觉得好舒服，好陶醉。

"好软的床啊！好舒服的棉被啊！好豪华的房间啊！好多的仙女啊！好香的味道啊……哇，我一定已经升天了，原来天堂里面这么舒服！我都舍不得离开了……"

小燕子眨动眼睛，蒙眬环视。

仙女们立刻发出窃窃私语。

"醒了？是不是醒过来了？"

"眼睛睁开了！眼珠在动呢！"

"她在'看'咱们，娘娘，她大概真的醒了！"

仙女们正骚动间，门外，忽然有声音一路传来。

"皇后驾到！皇后驾到……"

一屋子的仙人仙女，便全部匍匐于地。大家齐声喊着：

"皇后娘娘吉祥！"

那个"大仙女"也慌忙起身行礼，恭恭敬敬地说道：

"令妃参见皇后娘娘。"

小燕子一惊，慌忙把眼睛紧紧闭上。

"怎么有个'皇后'来了？难道这儿不是'天堂'？这个'皇后'好神气……"

小燕子心里想着，睫毛就不安分地动了动，悄悄地眯着眼睛，去偷看那个皇后。只见那皇后珠围翠绕，大概四十来岁，细细的眉毛，丹凤眼，挺直的背脊，好生威严。那眼光……小燕子一不留神，眼光竟和皇后的眼光一接，不知怎的，小燕子激灵地打了个寒战，那眼光好凌厉，像两把刀，可以把人切碎。

在她身后，还跟着一个更加严肃的老太婆。眼光和皇后一样，冷得像冰，利得像箭。

"大家都起来吧!"皇后的声音，和她的眼光一样，冷峻而严厉。

一屋子仙女仙人，纷纷起立。

皇后站在床前，仔细审视着小燕子。小燕子几乎能"感觉"到她的眼光，冰凉冰凉地掠过自己的眼耳口鼻。

"这就是围场上带回来的姑娘吗?"皇后冷冷地问着。

"是!"令妃仙女答着。

"怎样? 伤势有没有起色?"

"回皇后，脉象已经平稳，没有生命危险。"一个仙人急忙趋前，躬身说道。

"唔……太医果真医术高明!"

"谢皇后夸奖! 是这位姑娘福大命大! 有皇天保佑。"

"嗯，福大命大? 有皇天保佑? 是吗?"语气好严厉。

满屋子都安静了，没有人答话。

小燕子越听越惊，心里想着:

"从围场带回来的姑娘? 这说的是我吗? 难道……难道我进了宫? 原来，这儿不是'天堂'，是'皇宫'!"小燕子的意识真的清醒了，记忆也回来了。

"天啊! 我进了宫，紫薇想尽办法，进不了宫，可是，我却进来了!""你们先下去! 待会儿再来，别一个个杵在这儿。"

皇后对众人挥手说道。

"喳!"一屋子的人都退下了,令妃仙女也往门口退去。

"令妃,你留下!我有话问你!"皇后命令地喊了一句。

"是。"

"你过来。"

令妃走到床边来。

皇后那锐利的眼光,又在小燕子脸上溜来溜去。

"宫里已经传得风风雨雨,说她和皇上是一个模子印出来的,怎么我瞧着一点都不像!你说,她哪儿长得像皇上?"皇后回头一瞪令妃。

令妃仙女似乎吓了一跳,讷讷地说道:

"是皇上自己说,越看越像!"

"容嬷嬷,你说像吗?"皇后问身后的老太婆。

那容嬷嬷也对小燕子仔细打量起来。

"回皇后,龙生九子,个个不同!想阿哥和格格们,也都是每一个人,一个长相!这样躺着,又闭着眼,看不真切。"

皇后冷笑了。

"可有人就看得很真切,说她眉毛眼睛,都像皇上!"皇后再瞪着令妃仙女,"你不要为了讨好皇上,顺着皇上的念头胡诌!这个丫头,来历不明,形迹可疑!

只身闯围场，一定有内应！我看她没有一个地方像皇上，八成是个冒牌货！你不要再信口雌黄了！如果查明白，她不是万岁爷的龙种，她是死罪一条，你难道也跟着陪葬吗？"

"皇后教训得是！臣妾以后不敢多嘴了！"令妃仙女答得诚惶诚恐。

"你知道就好！这事我一定要彻查的！仅仅凭一把折扇、一张字画，就说是格格，也太荒唐了吧？"

"是！是！是！"令妃一迭连声地应着。

"我看清了，看够了！容嬷嬷，走吧。"

皇后带着容嬷嬷转身而去。

"臣妾恭送皇后娘娘！"

"别恭送了！你跟在皇上身边，眼睛要放亮一点！这皇室血统，不容混淆！如果有丝毫破绽，是砍头的大事，你懂吗？"

"臣妾明白了！"

一阵笃笃笃的脚步声，终于，那个威严的皇后，带着威严的容嬷嬷，威风十足地走了。

小燕子急忙睁开了眼睛，看到令妃一直恭送到门口。小燕子整个人都清醒了，心里直是叫苦：

"不好了！原来他们把我当成了格格，又以为我是冒牌货，商量着要砍我的头！"她心里不禁大叫了一声，"紫薇，你害死我了！"

第四章

　　小燕子并不知道，在她昏昏沉沉的这些日子里，紫薇、金锁、柳青、柳红几乎已经把整个北京城都找翻了。小燕子像断了线的风筝，一去无消息。紫薇把自己骂了千遍万遍，后悔了千次万次，也回到围场附近去左问右问，什么音讯都没有，小燕子就此失踪了。最让紫薇痛苦的是，还不能把真相告诉柳青他们。柳青不止一次，气急败坏追问：

　　"这到底是怎么回事？你们三个，为什么跑那么远的路，到围场去？又怎么会跟小燕子走散了？这不是太奇怪了吗？"

　　紫薇有苦说不出，只能掉着眼泪说：

　　"我不能告诉你们为什么要去围场，如果你们不追问，我会很感激。反正事情就变成这样了！"她急切地看柳青，"柳青柳红，拜托你们，赶快去皇宫附近，打听打听，有没有小燕子的消息？"

"皇宫？你们好大胆子，居然去招惹皇室？你要我怎么打听？"柳青问。

"你认不认得什么公公、什么嬷嬷的？"

"公公和嬷嬷都不认得，只认得皇上！和几位阿哥！"柳青没好气地说。

"啊？"紫薇睁大了眼睛。

"没事的时候，我跟皇上下围棋，跟阿哥们比画拳脚！"

柳红一跺脚。

"哥！这都什么时候了，紫薇急得掉眼泪，你还说这些莫名其妙的话！你到底有没有门路，有没有办法嘛！"

柳青对柳红一瞪眼。

"我有几两重，你不是不知道！我怎么会和宫里的人认识呢？"他转眼看紫薇，大声地说，"我也着急，我也生气啊！小燕子以前，什么事都跟我有商有量，自从有了你这个妹子，就变得神秘兮兮了！你们去围场，无论要干什么，总应该把我们兄妹也算一份，大家帮着一点，或者办得成事！结果，你们完全瞒着我，简直把我当外人，气死我了！"

紫薇已经急得没有主意，又被柳青一骂，眼泪扑簌簌直往下掉。

"是，我知道都是我的错，不应该这么鲁莽，这么没计划……可是，小燕子好像很有把握，说她小时候在围场附近长大的，对围场熟悉得不得了……"

"小燕子爱吹牛，你又不是不知道！"柳红跺脚。

"她那个人，胆大心不细，有勇没有谋，花拳绣腿，功夫也只有那么一点点，就是心肠热！你跟她拜了半天把子，还不了解她吗？怎么什么都听她的……"柳青说。

兄妹二人，一人一句，都怪紫薇。紫薇除了掉眼泪，还是掉眼泪。时间一天天过去，找到小燕子的希望就越来越渺茫。私下无人的时候，她会害怕地抱住金琐说：

"说不定小燕子已经死了！"

"呸！呸！呸！小姐，你别咒她呀！"金琐连忙啐着。

"她如果没死，为什么到现在一点消息也没有？都怪我，太自私了，只顾着自己，却没替小燕子想想她的安危！"

"话不能这么说啊，又不是我们逼她这么做的，是她自己愿意去的嘛！"

"所以我心里头才更难过啊！这些年除了娘以外，我只有你。好不容易有了个知心的小燕子，可以陪我说话解闷，讲心事！回想起来，和她在一起的这段日子，我过得好快乐！早知道我宁可不认这个爹，也不要她去冒险。"

金琐皱着眉头，心里还有另一份深刻的痛。

"你别在那儿钻牛角尖了！小燕子遇到什么事，我们完全不确定！唯一可以确定的事，是你那两样比生命还重要的信物，现在和小燕子一起失踪了！"

紫薇惊看金琐，听出金琐的言外之意，不禁激动起来：

"你好像还在怪小燕子？她现在是生是死都不知道，你担心的，居然是那些身外之物？"

金琐也激动起来：

"什么身外之物？你在太太临终的时候，对太太发过誓，你会带着这些东西，去见你爹！现在东西没有了，即使有机会见到你爹，你也无法证明你的身份了！我想到这个，心都会痛！"

紫薇霍地站起身来。

"你好可怕，你在暗示我，小燕子会出卖我吗？"

"我没有暗示什么，我在后悔啊，我在自责啊，我为什么要让你把东西交给小燕子呢？我就该拼命保护那些东西的！是我不好，对不起死去的太太！"

金琐这样一说，紫薇痛上加痛，"哇"的一声，失声痛哭。

金琐后悔不及，急忙抱住紫薇。

"我不好，我不好，不该说这些，让你伤心了！我相信小燕子，她有情有义，不会辜负你的。我也相信，老天有眼，会保护小燕子的！小姐，别哭了啊！"说着，就拼命用袖子帮紫薇拭泪。

紫薇把金琐紧紧一抱，痛定思痛，哭着喊：

"我好懊恼啊！失去小燕子，失去信物，又无法见到我爹，我到底要怎么办呢？"

金琐拍着紫薇的背，此时此刻，实在想不出任何的话，可以安慰紫薇了。

当紫薇心痛神伤、六神无主的时刻，小燕子正熟睡在令妃那金碧辉煌的寝宫里。

乾隆轻轻地走了过来，站在床前，深深地凝视着小燕子。温柔而解人的令妃，看乾隆一脸的专注，不敢打扰，静静地站在旁边。

"她今天怎样？有没有起色？"半晌，乾隆低问。

"刚刚吃过药睡下了，太医说她复原的情形挺好的，上午已经醒过来了，大概受了惊吓，眼珠转来转去，就是不说话！"

"是吗？"乾隆俯视小燕子沉睡的面庞，看到小燕子额头上鼻子上渗出几颗汗珠。乾隆掏出自己的汗巾，就去拭着她脸上的汗。

汗巾是真丝的，绣着一条小小的龙。汗巾熏得香喷喷的，混合着檀香与不知名的香气，这汗巾轻拂过小燕子的面庞，柔柔的，痒痒的，小燕子就有些醒了。

令妃注视着这样的乾隆，如此温柔，如此小心翼翼，这种关怀之情，是她从来没有见过的。令妃察言观色，知道这个小燕子，在乾隆心底，引起了某种难以解释的感情，就把握机会，低声说了一句：

"皇后今天来过了！"

"哦？她说什么？"乾隆不动声色地问。

"臣妾不敢说。"令妃低头。

"你尽管说！"

"她说，小燕子这事，一定有诈！查出真相，要……要……"

"她要怎样？"乾隆气往上冲。

"要砍小燕子和我的脑袋！"

"哼！"乾隆怒哼了一声。

令妃便委委屈屈地说道：

"可我真的没说假话，我看着看着，越看就越肯定了，这小燕子真的和皇上像极了，尤其醒过来的时候，那眼神儿，就和皇上您的眼神一个样儿！"

乾隆凝视小燕子，想到那个不苟言笑的皇后，心里就有气。

"谁敢说她不是朕的女儿，朕才要砍她的头呢！当朕在围场第一眼看到她的时候，就对她产生了一股不一样的感觉，尤其是她在昏迷前一刻用那双哀怨的眼神瞅着朕，问朕还记不记得夏雨荷。朕这辈子都忘不了她那又慌又急又害怕又无助的模样……这种父女天性，难道有假吗？"

乾隆的声音大了些，小燕子睫毛闪动，突然睁开眼睛。

乾隆忽然和小燕子目光一接，没来由地心里一震。"你醒了？"乾隆问。

小燕子看着这个在梦里出现过好多次的面孔，面对那深透明亮的眼睛，和那威武有力的眼神，心里陡然浮起一股怯意。

"你……你……你是谁？"

令妃忙扑过去，拍拍小燕子的肩。

"哎呀，对皇上说话，可不能用'你'字！"

小燕子大惊，从床上一挺身子，就要起身，奈何浑身无力，又倒了下去。

"皇上！"小燕子惊呼出声。

乾隆急忙伸手按住小燕子。

"快别动！你身受重伤，太医说你失血过多，得在床上多躺两天。别忙着起身！也不用多礼！"

小燕子一眨也不眨地看着乾隆，老天！这是天底下最大的人物啊！是仅次于神的人物啊！是打个喷嚏就会惊天动地的人物啊！是老百姓从来没有福分接近的人物啊！是整个天下的主子啊……小燕子喘着气，不敢相信地、小小声地问道：

"你是皇上？你真的是皇上？当今的皇上？乾隆皇上？"

"你怎么还是你呀你的……"令妃在一边干着急。

乾隆怜爱地看着小燕子，小燕子那种……惊喜莫名的表情，更加震动了他。

"别在乎这个！想她在民间长大，怎么懂宫中规矩！"便对小燕子慈祥地点点头，"是的，朕就是当今皇上！在围场上，你不是已经见过朕了？"

"围场上那么多人，我什么都弄不清楚呀！"小燕子喊着，不敢躺着见皇上，就又急急地一个挺身，脑袋竟然在床栏上砰地撞了一下。她嘴里惊呼不断："老天啊……我终于见到了皇上！"

乾隆急忙揉了揉她的头，再一次，把她的身子按回床上。

"是！你终于见到了皇上，朕知道你这条路走得有多辛苦！"顺手摸摸小燕子的额头，满意地点点头。

"嗯，还不错，烧已经退了。肚子饿不饿？想不想吃点东西？朕叫他们给你准备去……"

小燕子看着乾隆，眼睛转都不敢转，呼吸都要停止了。听到乾隆这样轻言细语，问东问西，简直受宠若惊。她屏息地、不敢相信地、讷讷地说：

"你……你……你是皇上，可你……这么关心我！我……我会幸福得死掉！"

小燕子这样崇拜的眼光，这样热烈的语气，让乾隆感动极了。

"你已经被朕救活了,你不会死掉了!我会用幸福包围你,可是,不会让它伤害你!"乾隆温柔地说。

小燕子痴痴地看着乾隆,竟然傻了,一时之间,根本说不出话来了。

"你既然醒了,朕有好多的问题要问你!"

小燕子睁大眼睛看着乾隆。

乾隆掏出怀中的折扇。

"朕已经知道你的名字叫小燕子,这把折扇和'烟雨图'在你身上搜出来,你冒着生命危险闯围场,就为了要把这个东西带给朕?"

小燕子拼命点头。

乾隆心中一片恻然。

"朕都明白了,你娘叫夏雨荷,这是她交给你的?她还好吗?"

小燕子怔怔地,听到后一句,连忙摇头。

"不好?"乾隆一急,"她怎样了?现在在哪里?"

"她……她已经去世了……去年六月,死在济南……"

"她死了?"乾隆心里一痛,"朕已经猜到了,没听你亲口说,还是不相信。要不然你不会直到今天才来见朕。好遗憾!"就难过地看着痴痴的小燕子,"这些年来,苦了你们母女了!"

小燕子大惊,急忙说:

"皇上……皇上……我……我不是……"话未说完,

就急得咳了起来。这一咳就咳得上气不接下气。

乾隆急喊：

"蜡梅！冬雪！赶快倒杯水来！"就拼命拍着小燕子的背，"朕问了太多的话，你一定累了！小燕子，你不知道你的出现，让朕多么安慰，又多么心酸！从今以后，你的苦日子都过去了，你是朕遗落在民间的女儿，现在，你回家了！"

小燕子咳得更凶了，一面咳，一面急促地说：

"皇上，我……我……喀！喀喀！你你……喀喀……"

床前一阵骚动，无数宫女拥到床前，端茶的端茶，奉水的奉水，拿药的拿药。蜡梅高举着药碗，恭恭敬敬地喊着：

"姑娘，请吃药！"

令妃一声怒叱，非常权威地吼着：

"掌嘴！这还没弄清楚吗？听也该听明白了，看也该看明白了！叫格格，什么姑娘姑娘的！……"

蜡梅"砰"的一声，在床前跪下，双手高举托盘，大声地喊：

"请格格吃药！"

便有一大群的宫女，高呼着说：

"格格千岁千千岁！让奴婢们侍候格格！"

小燕子看得眼花缭乱，听得惊心动魄。正在迷迷糊糊中，竟然看到乾隆亲自端起杯子，再扶起小燕子。

"让朕喂给她喝！可怜……长了十八岁，才见到爹！还弄得身受重伤！"

小燕子这一惊，更是非同小可！皇上……这世界上最权威的人，居然在亲手喂她喝水吃药，她会幸福得死掉！这可能吗？她只是一个小老百姓，一个跑江湖、混饭吃、经常吃了这顿没下顿的小人物！可是，现在，自己面前黑压压地跪着一群人，皇上，那高高在上、顶尖儿的人物，正在"亲手"喂自己吃药！这种荣耀，像潮水一般，把她紧紧地包围着、淹没着。她迷糊了，被催眠了，没有力气再解释什么了，因为整个人软绵绵，都在腾云驾雾了。也没有多余的"嘴"来解释了，因为那唯一的一张嘴，正忙着喝水吃药呢！

终于，小燕子吃了药，也喝了水。

乾隆把杯子放回托盘，把小燕子轻轻放下。

"孩子，别用这样奇怪的眼光看朕，朕知道是朕对不起你娘，你心里有许多怨，你放心，从现在开始，朕一定会加倍补偿你！"

令妃就带笑又带泪的，上前对乾隆一福。

"皇上，恭喜恭喜！父女团圆了！"

小燕子惊怔着。现在有嘴，可以解释了。无奈身子还在云端里，没有下地呢！

令妃推着小燕子，一迭连声地喊着：

"傻丫头，还怔在那儿干什么？快喊皇阿玛啊！在宫里，是不喊爹的，要喊'皇阿玛'！快喊啊！喊啊！"

小燕子怔忡着，眼睛睁得大大的。不行不行，这样太对不起紫薇了！不行不行！

乾隆见小燕子眼睛越睁越大，眼神里充满矛盾。

"怎么？不想要朕这个爹吗？"他柔声地问。

小燕子受不了了，冲口而出地喊道：

"想！想！太想了，只怕要不起啊！"

乾隆心里更酸了，误会小燕子话中有话。一句"要不起"，代表了千言万语的哀怨。他叹口气，就哑声地、命令地说道：

"什么要得起要不起！就算你不想要朕这个爹，朕也要定你这个女儿了！快叫朕一声'皇阿玛'！这是'圣旨'，不许不叫！"

令妃在一边情急地催促：

"还不赶快'领旨'！当心皇上生气啊！快叫皇阿玛呀！叫呀！叫呀……"

小燕子迎视着乾隆宠爱而期盼的眼神，终于，脱口而出地喊了：

"皇……阿玛！"

小燕子一喊出口，整个人也就放松了。乾隆顿时欣喜若狂。

"好！太好了！哈哈哈！我在民间的女儿，回来了！真是老天有眼呀！"

此时，众多宫女，全都一拥而上，拜倒在小燕子面前，喊声震天：

"格格千岁千岁千千岁！奴才们参见格格！"

门外的一群太监，此时也都哈腰奔进，甩袖跪倒，声音喊得更大：

"恭喜格格，贺喜格格，格格千岁千岁千千岁！"

这种气势，这种欢呼，小燕子又飞上云端，飘飘欲仙了。紫薇的面孔在她眼前闪过，她心里歉然地喊着：

"紫薇，对不起。我不是有意要这么做的，只是……当格格的滋味，实在太好了！有个皇上做爹，被宠着爱着，实在太好了！我受不了这个诱惑，你让我先过几天格格的瘾好不好？先借你的爹几天好不好……我发誓等我病好了，我一定会把你接进宫里来，把你爹还你的……"

小燕子就这样，糊里糊涂地当起格格来了。

几天之后，小燕子终于走出了令妃的寝宫。

这天，她穿着令妃特地为她做的新衣服，一身艳丽的旗装，略施脂粉。唯独脚下，仍然穿着平底的绣花鞋。

令妃、蜡梅、冬雪和宫女们簇拥着她，正带她参观着御花园。

令妃东指指西指指，介绍着花园中种种景致。

小燕子见所未见，叹为观止。

"这皇宫内院，也不是一时三刻走得完的，你身体刚刚好，也不能走太多路，随便看看就好！"令妃说。

小燕子觉得什么都很新奇，忍不住惊叹连连：

"啊呀，这是一个院子还是一个城呀？怎么那么多房子，左一进右一进的？"说着，就走进一条弯弯曲曲的长廊，不禁诧异，"又没有河，造这么长一座桥？"看到处处有匾额，奇怪极了，"又没卖东西，怎么挂那么多招牌？"一抬头看到一个亭子，上面有块匾额，写着"挹翠阁"三个大字。小燕子认识的字不多，看了半天，低低地自言自语："怎么亭子挂个招牌叫'把草问'？好奇怪的名字！"

令妃惊愕地看着小燕子，怎么？那个雨荷没有教过她念书吗？心里正有点疑惑，小燕子叹口气说：

"我好像到了一个仙境，太没有真实感了，将来我出了宫，回到民间的时候，说给人家听，人家大概都不相信！"

令妃一惊，不禁神色一凛，仔细看着小燕子，警告地说：

"格格，我告诉你一句很重要的话！"

"什么话？"小燕子满不在乎地问。

"你现在已经被皇上认了，你就再也不是当初的小燕子了！皇上有那么多的格格，我还没见过他喜欢哪一个，像喜欢你这样！被皇上宠爱，是无上的荣幸，也是件危险的事，宫里，多少人眼红，多少人嫉妒……"说着，就压低了声音，"我不得不提醒你，你一个不小心，被人

70

抓着了小辫子，你很可能，糊里糊涂就送掉一条小命！"

"哪有这么严重？"小燕子不信。

"你最好相信我！"令妃眼神严肃。

小燕子眼前，不禁浮起皇后的脸和声音：

"这皇室血统，不容混淆！如果有丝毫破绽，是砍头的大事，你懂吗？"

小燕子激灵地打了个寒战，突然着急起来：

"可是……娘娘，我……我迟早要出宫回家的……"

令妃好紧张，慌忙四面看看，打断了小燕子：

"嘘！这话就是犯了忌讳，什么'回家'，这儿就是你家了！从此以后，你的荣华富贵，是享用不尽的！可是，你千万别再说，你还怀念民间生活，或者是……有关你爹娘的疑惑。现在，皇上认定了你是格格，你就是千真万确的格格了！你自己也要毫无疑问地相信这点！"

小燕子大急，那，紫薇要怎么办？她忍不住就冲口而出：

"那……万一我不是格格，那要怎么办？"

令妃一惊，脚下一个踉跄，差点摔一跤。蜡梅、冬雪急忙扶住。

令妃站稳了，将小燕子的胳臂紧紧地一握，脸色有些苍白，眼睛死死地盯着她。

"如果你不是格格，你就是欺君大罪，那是一定会砍头的！不只你会被砍头，受牵连的人还会有一大群，像鄂敏，像我，像福伦……都脱不了干系……所以，这句话，你咽进肚子里，永远不许再说！"

小燕子被令妃的语气和神色吓住了，知道令妃所言不虚，不禁张口结舌，心里苦极了。紫薇，紫薇，这一下要怎么办呢？我怕死，我不要死！我实在舍不得我这颗脑袋啊！

正在此时，永琪和尔泰结伴走来。

永琪一眼看到穿着旗装的小燕子，眼睛一亮。

"这不是被我一箭射来的格格吗？"

令妃见到永琪和尔泰，立刻脸色一转，眉开眼笑。

"五阿哥！"又对尔泰招呼道，"尔泰，好久没见到你额娘了，帮我转告一声，请她没事的时候，来宫里转转！"

尔泰连忙对令妃躬身行礼，应道：

"娘娘吉祥！我额娘也天天念叨着娘娘呢！但是，全家都知道，娘娘最近好忙，要照顾这位新来的格格……"说着，就转眼看着小燕子，一笑。

永琪凝视小燕子，赞叹不已。

"你穿了这一身衣服，和那天在围场里，真是判若两人！没想到，我有一个这么标致的妹妹！"

小燕子看着永琪，蓦然想起，那天在围场中，惶急将自己抱起的永琪，心中竟没来由地一热。

"原来，你是五阿哥！"

令妃招呼着众人：

"咱们到亭子里坐一下，格格大病初愈，只怕站得太久了不好！"

大家进了亭子，纷纷落座。宫女们早就忙忙碌碌，忙不迭地上茶上点心。

永琪见小燕子明艳照人，一双大眼睛晶亮晶亮，竟无法把视线移开。

"你身体都好了吗？那天在围场，我明明看到的是一只鹿，就不知道怎么一箭射过去，会射到了你！后来知道把你伤得好重，我真是懊恼极了！"

小燕子看到永琪和尔泰，和自己差不多年纪，都是一脸和气，笑嘻嘻的。自己的情绪就高昂起来，把那些宫中忌讳，都忘掉了，坦率地喊着说：

"你不用懊恼了！亏得你那一箭，才让我和皇上见了面，我谢你还来不及呢！"

"那你就谢错人了，你应该谢我！"尔泰大笑说道。小燕子惊奇地看着尔泰。令妃连忙对小燕子介绍："这位是福伦大学士的二公子，他和大公子尔康，都是皇上面前的红人，尔泰是五阿哥的伴读，两个人可是焦不离孟！"

什么"焦不离孟"，小燕子听不懂。对那天自己中箭的事，仍然充满好奇。

"为什么我该谢你呢？"她问尔泰。

"如果不是我分散尔康的注意力，可能你就逃过一劫，五阿哥瞄准的时候，已经晚了一步，这才射到了你！所以，你应该是被我们两个'猎到'的！"尔泰嘻嘻哈哈地说。

永琪便对小燕子举着茶杯敬了敬：

"我以茶当酒，敬'最美丽的小鹿'！"

小燕子听了半天，对于自己怎么中箭的，还是糊里糊涂，却被两个人逗得哈哈大笑了，就豪气地举杯，嚷着说：

"敬最糊涂的猎人！"仰头一口干了杯子，这才发现杯子里是茶不是酒，不禁埋怨，"为什么不用真酒呢？喝茶有什么味道？满人都是大口喝酒、大块吃肉的，不是吗？"

"说得是！"

永琪回头一看蜡梅和冬雪，和环侍在侧的小太监们。

"奴才这就去取酒来！"太监宫女们嚷着，立刻纷纷行动。

好快的速度，小菜、酒壶、酒杯、碗筷全上了桌。

小燕子这一下可乐坏了。当"格格"的滋味真好！一声令下，就有一群人为你服务，太过瘾了！紫薇，你只好再委屈几天了！她甩甩头，把那份"犯罪感"硬给甩在脑后，就站起身来，高举酒杯，浅笑盈盈，对众人欢喜地说道：

"谢谢你们大家，对我这么好。虽然莫名其妙挨了一箭，差点把小命送掉，却得到了许多一生没有得到过的东西！我每天都新奇得不得了，真的忘了自己姓甚名谁了！今天，我会和一个阿哥、一个官少爷、一个皇妃娘娘，坐在御花园的亭子里喝酒，说出去都没有人会相信，简直像做梦一样！"看着永琪和尔泰，"我好高兴认识了你们，真想跟你们拜把子！"

永琪大笑起来：

"不用拜把子了，我是阿哥，你是格格。咱们本来就是兄妹！至于尔泰呢，他的额娘，是令妃娘娘的表姐，所以，沾亲带故，也可以算是你的哥哥了！"

"看样子，我有了一大堆的皇亲国戚！"

"不错！我听皇阿玛说，要用三个月的时间，让你把这些亲属关系，弄弄清楚！"

"这以后可忙了，多少规矩要学起来，头一件，你这汉人的鞋，是不能再穿了！"令妃笑着说。

"还有咱们的语言，满人不能不会满洲话！"尔泰说。

"这宫中礼节，也要一样样地学！"令妃又说。

"还要和咱们一起上书房，皇阿玛能诗能文，对子女的要求也高！"永琪再说。

小燕子越听越怕，眼睛越睁越大，听到这儿，不禁把酒杯往桌上一放，脱口说道：

"完了，完了！我完了！"

众人被她这句话，吓了一跳。

"什么叫'你完了'？"永琪问。

"如果要我学这么多规矩，我就不要当格格了！"小燕子认真地说。

令妃慌忙用力将小燕子衣襟一扯，笑笑说："又在胡说八道了！"

永琪深深地看着小燕子，对这个"民间格格"有说不出来的惊奇和好感。

"在宫里，不可以说我完了，这是忌讳的！以后不要再说了！"他提醒着小燕子。小燕子一呆。

"那我要说'我完了'的时候，我怎么说呢？"

尔泰大笑说：

"你怎么会'完'呢？你是千岁千岁千千岁，是'没完没了'的！是'长命千岁'的！是不会'完'的！"

"那我'死的'时候，也不会'死'吗？"小燕子又冲口而出。

令妃一把蒙住了小燕子的嘴。

众人瞪大了眼睛，面面相觑，连那些太监和宫女，都忍俊不禁。

尔泰和永琪，对这样一个没章法的格格，都不能不叹为观止了。

几天后，乾隆把几个心腹大臣，全部召到书房里来，商量小燕子的事……

"朕实在是没想到事隔多年，凭空多出这么一个如花似玉的格格来！哈哈……说起来冥冥中自有定数。那时，朕因接到太后懿旨，不得不匆匆离开济南返回北京，临行前，朕答应雨荷，会派人将她接回宫里来住。不料苗疆叛变，这一仗足足打了一年多才算平定，朕国事匆忙，也就把雨荷的事给耽搁了，想不到时隔十九年，朕的沧海遗珠，居然失而复得了！"

"此事足以证明皇上的真情感动了大地，阖家才得以团圆，可喜可贺。格格大难不死，必有后福！"福伦弯腰说道。

众臣也都躬身祝贺道：

"恭喜皇上！贺喜皇上！"

"朕今天召见各位贤卿，是想征求一下大家的意见！朕觉得对这个女儿，有点愧疚，想公开给她一个'格格'名分，各位觉得如何？"

纪晓岚排众而出。

"皇上！臣以为，济南一段往事，难以取信天下。皇上是万民表率，也不宜有太多韵事传出，不如对外宣称，格格是皇上在民间所认的'义女'，如此一来，给予'格格'称谓，也就名正言顺了！"

"算是'义女'？岂不太委屈她了！"乾隆有些犹豫，福伦诚恳地接了口：

"晓岚的顾虑，确实有理，当初，既是'微服出巡'，知道的人不多。如果把这件佳话，传闻天下，只怕多事的人，渲渲染染，对皇上和格格，都是不利！说是'义女'，万无一失！"

"也罢，就依两位贤卿的意思！那么，朕封她为和硕格格，如何？"

"皇上！这也不妥！和硕格格必须是王妃所生，这位格格来自民间，生母又是汉人，身份特殊，如果封为和硕格格，恐怕引起议论和猜忌，让其他格格不平。不如给她一个特别的称谓，让她超然一点，也与众不同一点！"纪晓岚又说。

"纪贤卿考虑得很周到，但是，什么称谓才好呢？"

纪晓岚沉吟片刻，抬头说：

"'还珠格格'如何？"

乾隆想了想，不禁大喜，击掌叹道：

"还珠格格！哈哈！好一个'还珠格格'，朕喜欢！太喜欢了！就这样了！还珠格格！她是朕的还珠格格！"

就这样，小燕子名分已定。不管她自己还怎样迷迷糊糊，她却再也改变不了这个事实：她成为皇上面前的新贵，还珠格格！

第五章

在"册封"之前，小燕子还有一关要通过。

这天，小燕子被带到"承乾"宫，来见乾隆和皇后。令妃陪着她。

乾隆的这位皇后，姓乌喇那拉氏，是乾隆的第二个皇后。乾隆第一个皇后"孝贤皇后"，为人谦和，人人喜欢，长得非常美丽，和乾隆伉俪情深。可惜不长寿，在乾隆十三年死了。乾隆伤心得不得了，作了很多的诗来悼念她。在他的内心，没有人再能继任"皇后"的位子。但是，六宫不能没有统摄，在太后的示意下，立了现在这个皇后。因为有"孝贤皇后"在前，大家都会把两个皇后做一番比较，乌喇那拉氏就输给孝贤皇后了。乾隆自己对这个皇后，也有很多不满意。既不像对孝贤皇后那么"敬爱"，也不像对令妃那样"宠爱"，所以，这个皇后是很失意很落寞的。为了要证明自己聪明能干，她事事要强；为了皇后的尊严，她经常声色俱厉。在她心里，确实有很多的不平衡。这些不平衡，把她变成了一个尖锐而难缠的人物。

小燕子对这些一无所知，走进大厅，就看到乾隆和皇后了。

乾隆和皇后端坐在桌前，乾隆面带微笑，皇后却非常严肃。小燕子一见到皇后，心里就七上八下，充满不安。她知道，如果说她在宫里有什么敌人，那就是这个皇后了。她硬着头皮上前，胡乱地屈了屈膝。

"你们叫我？"

皇后脸一板，看了令妃一眼。

"这像话吗？"就锐利地盯着小燕子问，"你到现在，连'请安问好'都不会吗？见了皇上皇后，居然用'你们'两个字？"

小燕子一呆。

"那……不是'你们'，是什么？"

乾隆急忙打哈哈：

"慢慢教，慢慢教！"他看了令妃一眼，眼光却是柔和的，"你累一点，一样样跟她说明白！"

"是！"令妃应着。

"小燕子！你坐下！"乾隆说。

早有宫女搬了一张小凳子过来，让小燕子坐下。

乾隆就和颜悦色地说：

"今天，朕和皇后叫你过来，是因为关于你的身世，还有许多不明白的地方，需要你说说清楚！这些疑问弄清楚了，你就是朕的，还珠格格了！"

小燕子的心猛地一沉，睁大眼睛看着乾隆。疑问？弄弄清楚？这些"疑问"弄清楚了，管他什么"还珠格格""送珠格格"，我都不是了！这怎么办？

或者，干脆招了！把真相说出来算了！她心里想着，眼珠转来转去，正好接触到皇后的眼光，那眼光不怀好意地瞪着她，似乎在说："看我揪出你的狐狸尾巴来！看你的脑袋还保得住保不住！"小燕子的心，"怦"的一声，几乎跳出喉咙口。我才不要被你逮住！

我一定一定不能被你逮住！她咽了一口口水，看着乾隆："是！皇阿玛尽管问！"

"你娘有没有告诉你，朕和她，是怎么认识的？"
乾隆柔声问。

小燕子神色一松，慌忙说：

"有啊！她说，皇阿玛为了躲雨，去她那儿'小坐'，后来，雨停了，皇阿玛也不想走了！'小坐'就变成'小住'了！后来……"

乾隆震动了，在两位后妃面前，提起往年韵事，也略有一些尴尬，就忙着打岔，掩饰地咳了一声：

"正是这样，避雨，避雨，没错！"

皇后的脸色很不好看。

"小燕子，你是什么时候离开济南的？什么时候到北京的？"皇后问。

小燕子转动眼珠，算着紫薇的日子：

"去年八月我从济南动身，今年二月才走到北京。"

"哦？这么说，你到北京只有短短的几个月，你怎么讲着一口道地的京片子？听不出一点儿山东口音？"皇后问得敏锐。

小燕子答得机警：

"皇后，你不明白，我娘从小就给我请了一位老师，教我说北京话，我到现在才知道我娘为什么要这样做！原来，她早已知道，我可能有一天，要到北京来，要说北京话！"

乾隆好感动，频频点头。

令妃长长一叹，同情地说：

"真是用心良苦啊！"

皇后阴沉地瞪了令妃一眼，再锐利地转向小燕子。

"原来如此！那么，你总不至于不会家乡话吧！说几句山东话，给我们听听！"

小燕子愣了愣，心里一阵窃喜。要考我山东话有什么问题？柳青、柳红都是山东人呀！卖艺的时候，我还常常装成山东人呢！想着，便脸色一正，用山东腔拉长声音叫卖起来：

"包子，馒头，豆沙包……又香又大的包子，馒头，豆沙包……热乎乎的包子，馒头，豆沙包……"

宫女们拼命忍住笑。

乾隆和令妃对看，有些啼笑皆非。

皇后听得眼睛都睁大了。

"好了好了，说点别的！"皇后打断了她。

"别的？"小燕子想了想，就用山东话流利地说了起来，"在下小燕子，山东人氏。我为了寻亲来到贵宝地，不料爹没找到，我又生了一场大病，差点送掉小命！身上的钱，全体用完，因此斗胆献丑，在这儿表演一点拳脚功夫给大家看看！希望北京的老爷少爷，姑娘大婶，发发慈悲，有钱出钱。让我筹到回乡的路费，各位的大恩大德，小燕子来生做牛做马，报答各位！"

皇后皱着眉头：

"这词儿真新鲜！讲得也挺溜！"

"我练过好多次了！"小燕子一得意，冲口而出。

皇后立即问：

"练这个做什么？"

小燕子吃了一惊，睁大眼睛，飞快地转着念头。

"如果再找不着爹，我身上又没钱，只好去街头卖艺了！"她说。

乾隆听得心酸极了。令妃也是一脸的怜惜。只有皇后，越听越疑惑。

"你还会一点拳脚功夫？你娘居然教你这个？"

小燕子撒谎本来就是一个"专家"，这会儿已经不怕了，越说越溜：

"是啊！我娘说，姑娘家不学一点功夫，容易被人欺负，要我学拳脚，可惜我不用功，什么都没学好。"

皇后冷冷地看着小燕子，有力地说：

"你娘这样栽培你，你的学问一定挺好！你的皇阿玛能文能武，诗词歌赋样样强，想必你也学了诗词歌赋！背两首诗来听听吧！"

小燕子吓了一大跳，这才觉得问题来了，她看看皇后，又看看乾隆，有些慌了。

"我娘没教我作诗……"她张口结舌，吞吞吐吐。

皇后陡地提高声音：

"这就怪了！你娘教你说北京话，教你拳脚功夫，不教你作诗？那么，四书五经总读过吧？"

"什么书什么经？"她想了起来，眼睛一亮，"我会背几句'三字经'。""还有呢？总不会只有三字经吧？"

小燕子额上冒汗了，发现这个皇后实在很难缠。

心里一急，撒赖的功夫就出来了。背脊一挺，恼羞成怒、豁出去地喊了起来：

"我是没有什么学问，也没念过多少书！皇后这样审我，是不是皇阿玛不要认我了？不认就算了嘛！用不着考我！"

皇后又惊又怒：

"皇上！您看她这是什么态度？难道我问问她都不行吗？"

乾隆早已认定了小燕子，一句"避雨"，又说中了乾隆往事，他心里，再也没有怀疑，只有怜惜。看到小燕子被皇后逼得手足无措，更是心有不忍。他全心向着小燕子，代她着急，还来不及说什么，小燕子已经大声接了口：

"我娘，她就是很奇怪嘛！她教我这个，教我那个，就没有好好地教我做学问！她说，姑娘家学那么多干什么？她现在已经死了，我也没办法问她为什么。反正，我也弄不清楚，我也不明白……你再问，我还是不明白……"

乾隆听到这里，心中酸楚，揣测着雨荷的心态，再也按捺不住，面色凄然地说：

"你不明白，朕明白！"

小燕子吃了一惊，眼睛睁得好大，我都不明白，你居然明白？她愕然地问：

"啊？皇阿玛明白？"

乾隆重重地一点头。

"是，朕什么都了解了！"他叹了口气，"唉！你娘是个真正的才女呀！诗词歌赋，琴棋书画，样样都行！当初，就是她的才气让朕动了心，可是，却让她付出了整个的一生！她的怨，是这么深刻，她不要你再像她一样……唉！女子无才便是德，真是用心良苦呀！"

小燕子喉咙里咕嘟一声，咽了一口口水，如释重负。

皇后疑惑极了，却抓不着把柄。

"那么，小燕子，你娘临终，是怎样对你说的？除了交给你的两件信物以外，还有什么'夜半无人私语时'的话吗？"

"夜半什么？半夜什么……"小燕子头昏脑涨，"半夜没人的时候，我娘就死啦！"她哀怨地看乾隆，"皇阿玛，我可不可以不说我娘临死的事？我……我……我……"声音颤抖着，一半由于害怕，一半由于技穷。

令妃看看小燕子，再看乾隆，委婉地插嘴了：

"皇上！咱们别问了吧！这不是很残忍吗？您瞧，小燕子已经快哭了，何必再折磨这孩子呢？她才十八岁，已经受过这么多苦了，好不容易，冒着生命危险，从鬼门关转了一圈，才找着了亲爹。现在，咱们还要她一件一件地说，一件一件地回忆，不是让她再痛一次，难道她的伤口还不够多、不够深吗？"

乾隆早已心痛极了，令妃的字字句句，更是敲进他的心坎里，立刻大声说："小燕子，你什么都不用说了，朕已经完完全全地相信了你，肯定了你！再也没有丝毫的怀疑！从今以后，谁都不许再盘问什么，你就是朕失而复得的'还珠格格'！"就回头喊，"令妃！"

"臣妾在！"令妃大声应着。

"你帮朕好好地教她！"

"臣妾遵命！十天之内，一定给您一个仪态万千的格格！"令妃答得有力，充满信心，面有得色。

皇后对令妃恨得牙痒痒，对小燕子一肚子狐疑，她知道，这个来历不明的小燕子疑窦重重，绝对绝对有问题！但是，在乾隆的百般庇护和自圆其说下，她却充满了无可奈何。

小燕子知道过关了，好生得意，睁着黑白分明的大眼睛，忍不住胜利地扫了皇后一眼。

十天以后，令妃带着宫女们，细心地把小燕子打扮成一个"格格"。

梳好了头，钗环首饰，一件件地插上发际，再把那顶缀着大红花的"格格"头，给她戴好。耳环珠钗，一一上身。当然免不了画眉染唇，胭脂水粉。最后，是那双"花盆底"鞋，代替了平底的绣花鞋，穿上了小燕子的脚。

小燕子被动地坐着，已经很不耐烦。但是，蜡梅冬雪她们忙得不亦乐乎。令妃跑前跑后，不住地拿来这个，又拿来那个，拼命往小燕子头上身上戴去。人家一番好意，她只得勉为其难地忍耐着。

终于，令妃满意了，站在她面前，左打量，右打量。

"真是佛要金装，人要衣装！这样一打扮，才真是一位格格了！镜子！"

冬雪捧了镜子，送到小燕子面前。

小燕子对着镜子一看，这一惊非同小可，大叫一声，整个人直跳了起来。

"哇！这怎么可能会是我？"

冬雪吓得镜子差点落地，幸好一手接住。

正给小燕子上胭脂的蜡梅，运气没那么好，吓得手一松，胭脂盒坠地。

"奴婢该死！"蜡梅急忙跪下。

小燕子伸手去拉蜡梅，真受不了大家动不动就下跪！

"不是你该死，是我这样打扮太奇怪了，不行不行……"她抓起桌上的帕子，就去擦着脸孔，"太红了，简直像猴儿屁股！"

令妃急忙拉住小燕子的手，又急又好笑，阻止着小燕子：

"别动别动！你看哪一位格格，不是这样打扮，连我身边的七格格和九格格，也是这样的！待会儿皇上要来，你就规矩一点，给皇上看看你的格格样子！"

说着，又俯身在小燕子耳边说："还有，这'屁股'两个字，身为格格，是不能说的。"

小燕子掀眉瞪眼，冲口而出：

"难道'格格'就没有'屁股'？皇阿玛还不是要用'屁股'坐。"

蜡梅冬雪和宫女们掩着嘴，拼命要忍住笑。

令妃啼笑皆非。

"怎么规矩那么多！烦都烦死了！哦……"想了起来，"这'死'字格格也不能说……可是宫女们动不动就说'奴才该死'，真是奇怪！"她动了动手脚，脸拉得比马还长，"你们在我身上，涂了太多东西，这个头就有几斤重，这不是打扮，这是受罪嘛……"

说着，从椅子上站了起来，想走动，一抬脚，差点摔跤，慌忙扶住桌沿，颤巍巍地站着："头上有高帽子，脚下有高鞋子……这比练把式还难！"

小燕子的议论还没发完，门外太监们的声音，已经一路嚷来：

"皇上驾到，皇后驾到！"

令妃一凛，急忙走出去迎接。

"臣妾恭请皇上吉祥，皇后吉祥。"

乾隆笑着扶起了令妃，说道：

"皇后特别要来看看你调教的成绩。小燕子怎样？这规矩都学会了没有？"

令妃笑笑，朝里屋看看，心里实在有点不放心。

乾隆已经和皇后走了进去。宫女太监立刻趴了一地，大喊着："皇上吉祥！皇后吉祥！"小燕子像个雕塑一样，直挺挺站在那儿，动也不敢动。令妃急忙喊：

"格格，还不快向皇阿玛、皇后娘娘行礼！"

小燕子听见令妃的吩咐，有些尴尬苦笑。那个"花盆底"，弄得她连站都站不稳，还行什么礼？她心里直叫苦，眼看乾隆和皇后盯着自己，没办法，只好硬着头皮，学着满人敬礼的方式，帕子一挥，嘴里喊着：

"是！皇阿玛吉祥，皇后娘娘吉祥……哎呀！"

小燕子两手往腰间一插，正要屈膝时，因为双手离开桌面，骤然失去了重心，一个无法平衡，话还没说完，人已整个地趴在地上了。

乾隆惊愕地瞪大了眼睛。

皇后掩口而笑，幸灾乐祸地说：

"这个礼，行得也太大了！"便瞟了令妃一眼，不满地问，"连个'请安'都还没教好吗？那……'走路'会吗？"

令妃又慌又窘，上前扶起小燕子，惭愧地低下头去。

"是臣妾调教无方……"

令妃话未说完，小燕子已经从地上一跃而起，稳住身子，傲然地说：

"别怪令妃娘娘了，她已经教过几百遍了，谁会连'走路'都不会呢？让我走几步给你们看看！"

小燕子一面说，一面往前就"走"，这次有了防备，把练武的一套都搬出来了，脚不沾尘地飞掠过乾隆和皇后的面前，竟然穿房而过，窜到外间去了。

乾隆和皇后错愕间，小燕子又飞掠而回，"唰"的一声闪了过来，一个大转身，稳稳地站在乾隆和皇后的面前。

"这是表演功夫，还是怎么的？"皇后惊得目瞪口呆。

乾隆惊愕之余，却哈哈大笑起来了。

"怪不得你的名字叫'小燕子'，原来走起路来，是用飞的，飞过去，又飞回来，真是一只小燕子呀！哈哈！哈哈！"

乾隆这样一乐，众人如释重负，全都配合着笑。

只有皇后，一脸的不以为然。

"既然已经册封为'还珠格格'，这种种规矩，还是要学会！总不能见了王公大臣，也是这样'飞过去，飞过来'吧？"

"臣妾知罪，一定加紧训练。"令妃说。

乾隆不大高兴了，对皇后皱皱眉：

"你也太严肃了一点，小燕子来自民间，不能用宫中规矩，要求太多！"

"皇上这话错了，小燕子已经贵为格格，马上就要让百官参拜，还要游行到天坛祭天，去雍和宫酬神，那么多的场面，如果她有一些失态，岂不是让皇上丢脸吗？"皇后义正词严。

乾隆愣了愣，脸色不大好。

小燕子急忙一甩帕子，稳稳地请下安去，这次，却丝毫不错。

"皇阿玛不用操心，皇后娘娘也不用着急，我一定尽快学会规矩，不让皇阿玛丢脸。"

乾隆一怔，又忍不住笑了，怜爱备至地看着小燕子："好一个'还珠格格'，真是冰雪聪明呀！"说着，就看令妃，"朕已经把漱芳斋赐给小燕子住！明儿起，她不必挤在你这儿，可以让她'自立门户'了。"

这下，轮到皇后的脸色不好看了。

"漱芳斋"是宫里的一个小院落，有大厅，有卧室，有餐厅厨房，自成一个独立的家居环境。在宫里，每个宫都有名字，皇后住的是"坤宁宫"，令妃的是"延德宫"，永琪住的是"景阳宫"，乾隆住的是"承乾宫"。另外还有"钟粹宫""永和宫""永寿宫""翊坤宫"和许多小燕子叫不出名字也认不得字的宫，里面住着乾隆的众多妃嫔和阿哥们、格格们。

小燕子搬进了"漱芳斋"，才知道自己不再是一"附属品"了。随着她的搬迁，明月、彩霞两个宫女就跟了她。小邓子、小卓子两个太监也跟了她。小卓子本来不姓卓，姓杜。小燕子一听他自称为"小杜子"，就笑得岔了气。"什么小肚子，还小肠子呢！"于是，把他改成了小卓子。因为既然有个"小凳子"不妨再配个"小桌子"。小杜子有点不愿意，小邓子拍着他的肩说：

"格格说你是小卓子，你就是小卓子，你爹把你送进宫来，还指望你'传宗接代'吗？"于是，小卓子就磕下头去，大声"谢恩"。

"小卓子谢格格赐姓!"

这样，这个"漱芳斋"就很成气候了。再加上厨房里的嬷嬷，打扫的宫女太监们，这儿俨然是个"大家庭"了。然后，乾隆的赏赐，就一件件地抬了进来。珍珠十串，玉如意一支，玉钗十二件，珍玩二十件，文房四宝一套，珊瑚两件，金银珠宝两箱，银锭子一百两……看得小燕子眼花缭乱，整个人都傻住了。

"哇!这么多金银珠宝，以后再也不用去街头卖艺了……够大杂院里大家过好几辈子!"小燕子想着，就心痒难搔了，"怎样能出宫一趟才好!怎样能把这些东西送去给紫薇才好!"

小燕子想着想着，就像害了相思病一样，想起紫薇来。紫薇，紫薇，我要怎样才能让你明白，这整个事情的经过?我要怎样才能把格格还给你呢?午夜梦回，夜静更深的时候，小燕子也会被"自责"折磨得失眠。看着那栉比鳞次的屋檐，听着一声声的更鼓，她好想好想大杂院啊!

当乾隆来到"漱芳斋"，对小燕子关怀地问:

"这房子还满意吗?能住吗?"

小燕子挑起眉毛，夸张地喊:

"能住吗?住起来真有点困难呢!"同来的令妃吓了一跳，急忙问:

"怎么?缺什么吗?我赶快叫人给你办!"

"就因为什么都不缺，才奇怪呢！睡在这样的房子里，想着大杂院……我是说，想着许多我进宫以前的朋友，我就睡不着了。"

乾隆深深地看着小燕子。

"你进宫以前，还有很多朋友吗？"

"那可不！"

乾隆点点头。

"等朕有时间的时候，应该跟你好好地谈一谈。"便怜爱地问，"还有什么需要没有？你尽管说！"

小燕子对着乾隆，"扑通"一跪，哀求地喊着：

"皇阿玛！"

"怎么？怎么？有什么不称心的吗？"乾隆着急地问。

"我想到宫外走走！"

"宫外？"乾隆怔了怔，"你想出宫，并不是不可以！但是，最近这段日子还不行，你有那么多礼节规矩还没学会，何况，马上要带你去祭天酬神了，那可是一个大日子……"想了起来，对小燕子安慰地笑着，"对了，那天你就到宫外了！被大轿子抬着，从皇宫一路抬至天坛去！会很热闹的！你就忍耐两天吧。"

那天真的是个大日子。

在旗帜飘飘下，仪仗队奏着鼓乐，马队迤逦向前。

街道两旁，万头攒动，大家争先恐后地拥挤着，要争睹皇上和格格的风采。乾隆盛装，坐在一顶龙舆内，在永琪及其他阿哥贝子们的簇拥下，威武地前行。乾隆拉开轿帘，不住对夹道欢呼的民众挥手。

小燕子真是神气极了，穿着清朝格格的盛装，坐在一顶十多人所抬的大轿上，四周有侍卫保护和大臣簇拥，沿街缓缓行进。小燕子在如此壮观的游行中，不免得意扬扬，把轿帘全部拉开，恨不得连脑袋都伸到窗外去，不住地对群众挥手示意。

群众你推我挤，叫着，嚷着，人人兴奋着。大家的欢呼不断，吼声震天：

"皇上万岁万岁万万岁！格格千岁千岁千千岁！"

一路有群众匍匐于地。

小燕子听到群众这样的欢呼，激动得一塌糊涂。她是小燕子呀！以前走在街上，没有几个人会对她正眼相看，现在，竟然人人对她欢呼！她太感动了，太震动了，太兴奋了！多么可爱的人群啊！她恨不得跳下轿子，去拥抱那些群众，去跟他们一起欢呼。

小燕子陶醉在人群的叩拜和欢呼里，完全没有发现，紫薇、金琐、柳青、柳红也挤在人群里观望。紫薇瞪着那顶金碧辉煌的轿子，瞪着那个掀开轿帘、珠围翠绕的"格格"，震惊得目瞪口呆。

金琐扶着紫薇，眼珠都快要从眼眶里掉出来了，她摇着紫薇，不相信地喊着：

"小姐！小姐！你看，那是小燕子呀！坐在轿子里的是小燕子呀！她成了格格了！是不是？是不是？"

紫薇瞪着小燕子，整个人都吓傻了。不不！这不可能！小燕子不会这样对我！

柳青看着轿子，忍不住大跳大叫起来：

"小燕子！小燕子！那是小燕子呀！"

柳红也挥着帕子大叫：

"小燕子！小燕子！看这边呀……你怎么会变成格格呢？"

小燕子什么都没有听到，外面的人群太多，人声鼎沸。各种欢呼，各种议论，早把紫薇的声音淹没了。在那黑压压的人群中，紫薇他们四个，像是四粒沙尘，那么渺小而不起眼。小燕子坐在轿子中，在轿夫的晃动下，在乐队的吹奏中，几乎要手舞足蹈了。

她很忙，忙着笑，忙着对群众不停地挥手。

群众继续高喊着："恭祝皇上万岁万万岁！恭祝还珠格格千岁千千岁！"

"还珠格格！还珠格格？"紫薇这才大梦初醒般跟着低喊着。

柳青急忙问一位群众：

"什么是还珠格格？"

群众立刻七嘴八舌地接了口：

"你还不知道吗？万岁爷收了一个民间女子做'义女'，封为'还珠格格'，今天，是带还珠格格去祭天酬神呀!"

"听说这位还珠格格神通广大，万岁爷喜欢得不得了!"

"我叔叔在宫里当差，我最清楚了! 这位格格……来头不小，说是'义女'，搞不好就是金枝玉叶! 谁都知道，皇上最喜欢'微服出巡'了，东南西北到处跑……就跑出一个格格来啦!"紫薇听着这些议论，震动已极。

金琐已经气急败坏，摇着紫薇，痛喊道:

"小姐! 她骗了你! 她拿走了信物，她做'格格'了!"

紫薇瞪大眼睛，整颗心都揪起来了。她向前面看去，那威武的乾隆皇帝已经走远了，小燕子的轿子也慢慢地走远了。但是，小燕子那打扮得无比美丽的脸庞，那得意的笑，那挥舞着的手……全在她眼前扩大，扩大，扩大到无穷无尽。

"还珠格格千岁千岁千千岁!"

群众的欢呼，震动着紫薇的耳膜。声音响得铺天盖地。还珠格格，还珠格格? 是沧海遗珠? 是还君明珠? 紫薇的心，紧紧地抽痛了，痛得翻天覆地。

轿子，马队，仪队，乐队……络绎向前。

尔康、尔泰骑着大马，不断巡视过来，严密地保护着皇上和"还珠格格"。

尔康叮嘱着尔泰:

"老百姓太多了，要小心一点，严防刺客!"

"我知道！"

队伍缓缓前行。

紫薇的眼光，始终直勾勾地看着前面。小燕子的脸，群众的欢呼，卫队的簇拥和在前面舆轿中的乾隆，那和她这么接近又这么遥远的乾隆……交叉叠印，在她眼前，如万马奔腾……

紫薇蓦然间，发出一声撕裂般的狂喊，排众而出，没命地追向小燕子的轿子，嘴里，疯狂般地大叫着：

"她不是'格格'！她是骗子！她是骗子！皇上，你被骗了！皇上……我才是'格格'呀！小燕子……你好狠呀，我们不是结拜的吗？你怎么可以这么欺骗我……你怎么可以这样对我？"

紫薇这样一叫，群众骚动，卫队骚动。

尔康急忙勒马奔来，一眼看到紫薇，年纪轻轻，美貌如花，却像着了魔，疯狂般地向前冲，势如拼命。尔康大惊，急忙喊：

"侍卫！把她抓起来！"

尔泰也勒马过来，察看发生了什么大事。尔康挥手喊道：

"尔泰！你保护皇上和格格，不要让他们受到惊扰，这儿有我！"

"是！"

尔泰便带着官兵，簇拥着乾隆和小燕子，隔断了紫薇的骚扰，向前行去。小燕子和乾隆，依然笑着，依然挥手，浑然不知身后的混乱。

紫薇立刻身陷重围，已有一群侍卫，一拥而上，七手八脚地抓住了紫薇。

紫薇拼命挣扎，痛喊着：

"小燕子！你回来，你跟我说明白……我对你这样挖心挖肝。为什么会变成这样……你做了格格，你要我怎么办……要我怎么办？"她在侍卫的手中，扭曲着身子，奋力想冲出去，嘴里继续狂喊，"不要抓我！我要见那个格格！我要问问清楚，我要见皇上……我要见皇上……"

尔康怒叱：

"哪儿来的疯子？敢在今天闹场！给我拖下去！关进大牢去！"

"喳！"侍卫们大声应着，拖着紫薇走。

金琐陷在人群之中，眼看紫薇要被抓走，惊得全身冷汗。她努力地冲着，挤着，想穿过重围，去保护紫薇，在人群里尖叫着。

"小姐！小姐呀……"

柳青、柳红看到紫薇被捉，也都大惊失色，柳青狂叫道：

"紫薇！赶快回来呀！"

官兵怒吼，拦着老百姓，人群挤来挤去，要看热闹，场面完全失控，一片混乱。

紫薇在侍卫手中，徒劳地挣扎，惨烈地呼号：

"皇上……你认错人了……皇上……"

尔康见紫薇狂叫不已，人群也越挤越多，生怕惊动乾隆，急喊：

"让她住口！快抓下去，不要惊扰到圣上和格格！"就在此时，柳青柳红竟然飞过人群，一路扫了进来。柳青大吼着：

"放下那位姑娘！看掌！"

柳红跟着杀了进来，一路把人摞倒在地。

尔康又急又气，又惊又怒。怎么可能？这么高兴的场合，万民同欢的场面，居然有人捣乱？他勒住马，大叫："喀什汗！把他们都拿下！"

"喳！"

便有一个大汉，率了一队高手，立刻将柳青柳红团团围住……

紫薇被侍卫拖着走，她已经没有挣扎的力气，嘴里仍在凄厉地喊着：

"皇上……折扇是我的……'烟雨图'是我的……夏雨荷是我娘呀……"

听到这样几句话，尔康悚然一惊。她知道折扇，知道"烟雨图"，知道"小燕子"，还知道"夏雨荷"！

这个狂叫的年轻女子，到底是什么来历？他不禁注意地、仔细地看向紫薇。

侍卫见紫薇狂叫不休，对紫薇一拳挥去。顿时间，众侍卫便对紫薇拳打脚踢起来。紫薇不支，倒在地上，嘴角溢出血来。

尔康翻身落马，冲上前去，一把抓住侍卫。

"住手！不要打！"

侍卫停手，惊看尔康。

紫薇抬起头来，看着尔康。她满面是伤，嘴角带血，但是，那对盈盈然的大眼睛，清清澈澈，凄凄楚楚，带着无尽的苦衷和哀诉，瞅着尔康。她挣扎着爬向他，伸手抓住他的衣摆。

"告诉皇上，请你告诉皇上，'雨后荷花承恩露，满城春色映朝阳'……皇上的诗……写给夏雨荷的……"紫薇说到此处，不支地倒在尔康脚下。

尔康大震。她知道皇上的诗，还能背出这首诗！

这是什么女子？

就在此时，金琐终于冲出重围，一见紫薇倒地，肝胆俱裂，以为紫薇已被打死，扑奔上前，哭倒在紫薇身上。

"小姐！你不能死！你死了，我如何对得起死去的太太……早知道会这样，我们就待在济南，不要来北京了……"

尔康更加惊疑。济南？死去的太太？小姐？

此时，福伦勒马过来。

"尔康，到底怎么回事？有个疯女人吗？"

尔康怔怔地看着脚下的紫薇主仆，回头看看福伦，当机立断地说：

"阿玛，事有可疑，我把她们都带回府里去，再慢慢审问！"

福伦点头。

前面，乾隆踌躇满志，一脸的笑，对于身后的打斗争吵，一点也不知道。对于有个和自己关系密切，可能是他真正的"沧海遗珠"，正被自己的卫队打得半死，更是连影子都没看到。他兴高采烈地接受着群众的欢呼，心底涨满了喜悦和欢欣。但是，那被层层队伍簇拥着、包围着的小燕子，却不知怎的，似有所觉，频频回顾，微笑里透着不安。"好像有紫薇的声音……"她想着。往前看，仆从如云；往后看，卫队如山；往左右看，群众如蚁。哪儿有紫薇？

小燕子用力甩甩头，甩不掉紫薇的影子。紫薇，这是暂时的！等我保住了脑袋，等我过够了"格格瘾"，我会把你爹还给你的！一定，一定，一定！

群众仍一路拜倒，高声呼叫着：

"恭祝皇上万岁万岁万万岁！恭祝还珠格格千岁千岁千千岁！"

第六章

　　紫薇万万没有料到，学士府竟是一个温馨的、亲切的地方。

　　福晋是一个高贵而温婉的女子。看到伤痕累累的紫薇，她什么话都没问，立刻拿出自己的衣裳，叫丫头们侍候紫薇梳洗更衣，又忙不迭地传来大夫给紫薇诊治。几个时辰以后，紫薇已经换了一套干净的衣服，也重新梳妆过了，躺在一张舒适的雕花大床上。她神情憔悴，看来可怜兮兮。

　　福晋弯腰看着紫薇，微笑地说：

　　"好了，衣服换干净了，人就清爽好多，对不对？大夫已经说了，伤都是一些外伤，还好没有大碍，休养几天，就没事了！"紫薇见福晋这么慈祥，不禁痴痴地看着福晋，在枕上行礼，说：

"福晋，夏紫薇何德何能，有劳福晋亲自照顾，紫薇在这儿给您磕头了！"

福晋听紫薇说话文雅，微微一怔，连忙笑着说：

"不敢当！姑娘既然到了我们府里，就是咱们家的贵客，好好养伤，不要客气！"

金琐捧着一个药碗，急急地走到床前。

"小姐，赶快把这个药喝了，福晋特别关照给你熬的，大夫说，一定要喝！"

紫薇看着金琐，想到小燕子，就忍不住悲从中来，推开药碗，伤心地说：

"小燕子这样背叛我，我心都凉了、死了！信物没有了，娘死了，爹……也没指望了，我活着，还有什么意思呢？"

"不能这样说呀！留得青山在，不怕没柴烧呀！"

金琐急急安慰着。

这时，尔康、尔泰和福伦一起进来。

金琐急忙起立。

"她好些了吗？"福伦问福晋。

"好多了。"

尔康走到床前，深深地看了紫薇一眼。惊奇地发现，这个紫薇，虽然脸上带伤，脸色苍白，眼神中盛满了无助和凄楚，但是，她的秀丽和高雅，仍然遍布在她眉尖眼底，在她一举手一投足之间。那种典雅的气质，几乎是无法遮盖的。尔康凝视着紫薇，微笑地说道：

"让我先介绍一下，这是我的阿玛，官居大学士，被皇上封为忠勇一等公。我的额娘，你已经见过了。我是福尔康，是皇上的'御前行走'，负责保护皇上的安全。这是我弟弟福尔泰，也在皇上面前当差！你都认识了，就该告诉我们，你到底是谁了？"

紫薇见尔康和颜悦色，心里安定了一些，就掀被下床，请下安去。

"夏紫薇拜见福大人！给福大人请安了！"又回头对尔康、尔泰各福了一福，不卑不亢地说道，"见过两位公子！"

福伦同样被紫薇那高贵的气势震住了，慌忙说：

"姑娘不必多礼！今天姑娘大闹游行队伍，到底是怎么回事？"

"这件事说来话长！"紫薇激动起来。

"你尽管说，没有关系！"

紫薇有所顾忌，四面看看。

尔康回头看婢女们，挥手道：

"大家都下去！"

婢女退出，房门立刻合上了。

福伦、尔康、尔泰、福晋都看着紫薇。福晋扶着她坐下，大家也就纷纷落座。只有金琐不敢坐，侍立在侧。

紫薇就开始说了：

"我姓夏，名叫紫薇，我娘名叫夏雨荷，住在济南大明湖畔。从小，我就知道我是一个和别人不一样的孩子，我没有爹，我娘也不跟我谈爹，如果我问急了，我娘就默默拭泪，使我也不敢多问。虽然我没有爹，我娘却变卖家产，给我请了最好的师傅，琴棋书画，诗词歌赋，都细细地教我。十二岁那年，还请了师傅，教我满文。这样，一直到去年，我娘病重，自知不起，才告诉我，我的爹，居然是当今圣上！"

大家看着紫薇，房间里鸦雀无声。

紫薇继续说：

"我娘临终，交给我两件信物，一件是皇上亲自题诗画画的折扇，一件是那张'烟雨图'！要我带着这两样东西，来北京面见皇上，再三叮嘱，一定要我和爹相认。我办完了娘的丧事，卖了房子，带着金琐，来到北京。谁知到了北京，才知道皇宫有重重守卫，要见皇上，哪有那么容易！在北京流落了好多日子，也想过许多办法，都行不通。就在走投无路的时候，认识了充满侠气的小燕子，我俩一见如故，我就搬到狗尾巴胡同的大杂院里，去和小燕子同住，两人感情越来越好，终于结为姐妹……"

"等一下！你和小燕子结为姐妹，她怎么会跟你同姓？"尔康追问。

"小燕子无父无母，姓什么，哪时生的，都搞不清楚。她为了要抢着做我的姐姐，决定自己是八月初一生的，因为她没有姓，我觉得好可怜，就要她跟着我姓夏。"

"原来如此！"大家都恍然大悟，不禁深深点头。

"我和小燕子既然是姐妹了，也没有秘密了！我就把信物都给小燕子看了，把身世告诉了她。小燕子又惊又喜，整天帮我想主意，怎样可以见到皇上？然后就是围场狩猎那天。事实上，我们三个都去了围场，小燕子带路，要我翻越东边那个大峭壁，是我和金琐不争气，翻来翻去翻不动，摔得一身是伤。没办法了，我就求小燕子，带着我的信物，去见皇上！把我的故事，去告诉皇上！小燕子就义不容辞地带着我的信物，闯进围场去了！从此，我就失去了她的消息，直到今天，才在街上看到她，她却已经成了'还珠格格'！"

紫薇说到这儿，已经人人震动。大家都惊讶不止，紫薇的故事，几乎毫无破绽，太完整了。大家呆呆地看着紫薇，研究着这个故事的可信度。金琐站在一边，紫薇说一段，她就哭一段，更让这个故事，充满了动人的气氛。

"我的故事，就是这样。我发誓我所说的话，一字不假。可是，我自己也知道，要你们相信我的故事，实在很难。现在，我身上已经没有信物了，一切变得口说无凭。可是，小燕子不是济南人，她是在北京长大的，住在狗尾巴胡同十二号，柳青、柳红和她认识已久，她的身份实在不难查明。如果福大人肯明察暗访一下，一定会真相大白。我到了今天，才知道人心难测，我和小燕子真心结拜，竟然落到这个后果。想到自从小燕子失踪，我为她流泪，为她祷告，为她祈福，为她担心……我现在真的很心痛。我已经不在乎自己是不是格格，只可惜失去一个好姐妹，又误了父女相认的机会！"紫薇说到这里，痛定思痛，终于流下泪来。

大家听完，彼此互视。好半天，都没有人说话。

过了一会儿，福伦便站起身来。

"夏姑娘的故事，我已经明白了！我想，如果夏姑娘所言，都是真的，我们一定会想办法，给你一个公道！目前，就请夏姑娘留在府里，把身子先调养好，一切慢慢再说！"说着，回头看福晋，"拨两个丫头照顾夏姑娘！"

"你放心，我会的。"

福伦起身离去，尔泰相随。

尔康跟着福伦，走了两步，不知怎的，又退了回来。

尔康摸着桌上已经凉了、还没喝过的药碗，看着紫薇，温柔地说：

"药已经凉了，我待会儿让丫头去热！药一定要吃，身上的伤，一定要养好！今天……在街上，实在是冒犯了，当时那个状况，我没有第二个选择！"

紫薇凝视尔康，含泪点头：

"不！你没有冒犯我，是你救了我！如果我今天落在其他人手里，大概已经没命了！谢谢你肯带我回府，谢谢你肯听我说这么长的故事！"

尔康深深地看着紫薇，看着看着，竟有些眩惑起来。

学士府有一段忙碌的日子。

尔康马不停蹄，立刻去了大牢。柳青、柳红那天和侍卫大战，怎么打得过那么多大内高手，已经失手被捕。尔康什么话都没说，就把两人放了出来。接着，尔康去了大杂院，参观了小燕子和紫薇住过的房间，见过了大杂院里的老老小小，又和柳青、柳红长谈了一番。什么都真相大白了！紫薇是真格格，小燕子是假格格！

尔康实在太震动了。再也想不到，小燕子这么大胆，冒充格格，犯下欺君大罪，这是要诛九族的事！

但是，想那小燕子，一生贫困，混迹江湖，又没受过什么教育，碰到这么大的诱惑，可以从一无所有，摇身一变，变成什么都有，她大概实在无法抗拒这个机会吧！至于犯罪不犯罪，杀头不杀头，她大概也顾不得了。

尔康证实了紫薇的故事以后，第一件要处理好的，就是柳青、柳红。

"我想，你们对于小燕子怎么会变成格格，一定充满了疑问。这件事确实很离奇！她是那天闯围场，被皇上拿下了，带进宫里，是她的缘分吧，皇上居然十分喜欢她，就收了她做'义女'！事情是很简单的，但是，她既然已经是'格格'了，两位最好守口如瓶，不要把格格的往事，拿出来招摇，免得惹祸上身。"

柳青一挺背脊，粗声说：

"什么惹祸上身？她变成格格也好，她变成天王老子也好，她就是变不出她自己那个样！孙悟空不管怎么变，还是一只猴子！"

"这话错了！"尔康正色，神情严肃地说，"她有了头衔，有了封号，有了皇上的宠爱……她已经成了金枝玉叶，不是当初走江湖的姑娘了，即使是我，也不敢直呼她的闺名，你们也收敛一点！否则，像今天这种牢狱之灾，恐怕会源源不绝而来，那时候，就不能像今天这样轻松了！"柳青怔忡着，脸色阴晴不定。

柳红已经听出尔康话中的利害，慌忙对尔康说道：

"我们明白了！从此以后，不会乱说了！"

"那就好！"尔康看着二人，"至于夏姑娘，暂时住在我们府里，大概不会回到这儿来住了！你们心里，也该有个谱！"说着，就从怀中掏出一锭银子，放在桌上，"这个，请给大杂院里的老老小小，买点吃的穿的！是……夏姑娘的一点心意。"

柳青满面狐疑，瞪着尔康，知道对方的来头，听出对方的"言外之意"，他就算有一千个、一万个怀疑，也只有咽进肚子里去。他深吸了一口气，冲口而出：

"看样子，不只小燕子当了'格格'，紫薇也变成凤凰了！我们什么都不问。这个大杂院，和紫薇小燕子她们，大概是缘分已尽了！"

尔康回到学士府，把经过都说了。福伦一家，实在是震撼到了极点。

尔泰对小燕子，充满了好感，怎样都无法相信，那个天真无邪、毫无心机的小燕子，会是一个出卖结拜姐妹、鹊巢鸠占的假格格！

"怎么可能呢？"他不住口地说，"那个'还珠格格'天真烂漫，有话就说，一点心机都没有，举止动作之间，完全大而化之，什么规矩礼仪，对她来说，都是废话。上次和她在御花园里相遇，她居然就在亭子里面，和我们喝起酒来，简直像个男孩子一样，又淘气又率直，是个非常可爱、也非常有趣的人。她怎么可能背叛紫薇，做下这样不可原谅的大事？"

"不管你相不相信，事实就是事实！"尔康懊恼地说，"假格格在宫里，真格格在府里！这件事，是件大大的错误！"

福晋思前想后，不禁着急起来。

"这事有点不妙！皇上对这个还珠格格好像爱得不得了，现在连酬神都酬过了，祭天也祭过了，等于昭告天下了……如果搞了半天，居然发现是个假格格，皇上的面子往哪里搁？恐怕有一大群人要受到牵连，头一个，就是令妃娘娘！皇后和令妃已经斗得天翻地覆，拿着这个把柄还得了！"

福伦神色一凛，说：

"夫人，你想的，正是我想的。"

"阿玛的意思是……"尔康看着福伦。

福伦眼光锐利地看着尔康：

"不管怎样，我们先把这个夏姑娘留在府里，免得她在外面讲来讲去，闹得尽人皆知！至于她是真格格这件事，只有我们几个知道，一定要严守秘密！目前，什么话都不能泄露……"

"那么，我们就什么都不做吗？"尔康着急地问，"已经知道了真相，还让那个假格格继续风光吗？我觉得，应该把真相禀告皇上！"

福伦一凛，急忙说道：

"事关重大，千万不能操之过急。我们是令妃的娘家人，有个风吹草动，大家都会惹祸上身！"

"这么说，紫薇的身份就永远没办法澄清了！何至于皇上知道被骗，就要迁怒给令妃娘娘呢？"尔康问。

"皇上不迁怒，总有人会迁怒！还是小心点比较好！何况，我看那还珠格格长得如花似玉，一天到晚眉开眼笑，逗得皇上高高兴兴，如果真砍了头，也有点于心不忍啊！"

福伦此话一出，尔泰就忙不迭地点头。

"是啊！皇上每次看到还珠格格就笑，如果发现她是假的，说不定会恼羞成怒呢！我看，咱们先不要说，我找一个机会，把五阿哥带到家里来，让他见见紫薇，再跟他研究一下，好不好？"福伦慎重地点了点头。

"尔泰说得不错，别忘了，皇上有错也是没错！皇上喜欢的人，不是格格也贵为格格！我并不是要将错就错，把真相遮盖下去，而是要摸清很多状况，不求有功，但求无过！你们这些天，到宫里多走动走动，先探探风声。或者，私下里，跟还珠格格谈一谈，问她认不认识夏紫薇，看她怎么说？"

"是！"尔泰应着。

福伦严肃地扫了尔康一眼。

"家里住着一个夏紫薇，这是福家的大秘密！她是福是祸，咱们目前都不知道，得骑驴看唱本，走着瞧！所以，我要求你们，把你们的嘴，都闭紧一点，知道吗？"尔康虽然觉得，这样对紫薇有点过意不去，可是，他是聪明的，有思想和判断力，他知道，福伦所有的顾虑，都是真情。这件事，只要一个弄得不巧，就是全家的灾难。伴君如伴虎，难啊！当下，也就心服口服地答应了福伦：

"是！我们见机行事，绝不轻举妄动。"

但是，总得有一个人，把这个暂时"按兵不动"的结论告诉紫薇。尔康想着，叹了一口长气。

夜，宁静而安详。紫薇正坐在桌前，抚着琴，轻声地唱着一首歌：

"山也迢迢，水也迢迢，山水迢迢路遥遥。

"盼过昨宵，又盼今朝，盼来盼去魂也销！

"梦也渺渺，人也渺渺，天若有情天也老！

"歌不成歌，调不成调，风雨潇潇愁多少？"

紫薇的歌声，绵绵逸逸，婉转动听。

有人敲门，金琐把门一开，尔康正托着一个药碗，站在门外。

"好美的琴，好美的歌！"尔康笑吟吟地看着紫薇，由衷地赞叹着。

紫薇的脸一红，慌忙让进尔康。

"让福公子见笑了！我看到墙上挂着这把琴，一时无聊，就弹来解闷！"看到尔康手里的药碗，就有些失措起来，"你亲自给我送药来？这怎么敢当？"

"如果不敢当，就趁热喝了吧！"

金琐急忙接过药碗，帮紫薇吹冷。

"身上的伤，还疼不疼？"尔康凝视紫薇。

紫薇在这样的温存下，有些心慌意乱。

"好多了！谢谢。"

"不要谢！想到那天让你受伤，我懊恼得要死。你还左一个谢，右一个谢！"尔康正视着紫薇，把话题一下子切入了主题，"我已经和柳青、柳红都谈过了！也去过了你们住的大杂院！"

紫薇震动着，凝神看着尔康。

"那么，你的结论是什么？"

"请先吃药，我再说。"

紫薇心急，端起药碗，咕嘟咕嘟地喝了。喝完，放下药碗，睁着一对明亮的眼睛，询问地看着尔康。

"你已经说服了我，我相信你的故事！正像你说的，见过了柳青、柳红，就真相大白了！可是，现在的状况非常复杂，你已经没有信物，只有一个故事，如果小燕子咬定她是真格格，你反而是个冒牌货！如果皇上不相信你，你就有杀身之祸！"

"如果皇上不能相信我，你为什么会相信我？"

"我的相信里，还有一大部分是我的直觉！"尔康坦率地看紫薇，"你的本人，就是最大的说服力量！"

紫薇微微一震，心里很着急。

"你的意思是说，我的故事，以及人证物证都不见得有用！"

"对！柳青、柳红和大杂院里那些人，可能都是和你串通好的！你们看到小燕子轻轻松松就当了格格，大家眼红，就编出来这样一个故事！"在一边的金琐，听到这儿，就气急败坏地喊了起来：

"岂有此理！福大少爷，你要为我们小姐申冤呀！"

"金琐别急，这只是我在举例！但是，事实上可能性很大，皇上毕竟是皇上，我阿玛有一句话说得最中肯，皇上就算'错了'，也是'没错'！他已经'先入为主'，认定了小燕子，现在又跑出来一个夏紫薇，他一定想，他认了一个还珠格格，现在，阿猫阿狗都想当格格了！所以，我们不敢贸然让你出面，除非我有把握，能够保护你的安全，能够让皇上完全接受这个故事！"

紫薇听得心都冷了，脸色灰败。

"那么，我是百口莫辩了？"

"那倒也不尽然！我和全家都研究过了，现在，只有请你少安毋躁，在我们府里委屈一段时间，这段时间里，我们会去宫里，试着接触小燕子，现在，关键还是在小燕子身上，解铃还须系铃人！"

紫薇两眼发直，脚一软，乏力地倒进一张椅子里。

"她已经当了格格了，这个铃，她早就打了死结，现在还会去解铃吗？"

尔康深思，慢慢地说了一句：

"那也说不定！"

紫薇一怔，想着小燕子，侠义的小燕子，热情的小燕子，爱打抱不平的小燕子，心无城府的小燕子，和她结拜的小燕子……小燕子啊小燕子，她心里苦涩地喊着，你到底是怎么回事呢？

小燕子在宫里好难过。

祭天已经祭过了，风光也已经风光过了。她这两天，眼皮跳，心跳，半夜做梦，都会喊着紫薇的名字醒过来。她要出宫去，她要去大杂院，她要找紫薇！

她要对紫薇忏悔，把整个故事告诉她！想办法把这个"格格"还给紫薇。

可是，她怎么样都没想到，那重重宫门，进来不容易，出去更不容易！

带着小邓子、小卓子，她也尝试大大方方出去，才走到宫门前面，就被侍卫拦住。小燕子一掀眉，一瞪眼：

"我是还珠格格呀！"

侍卫一齐弯身行礼，齐声喊着：

"奴才参见还珠格格！"

小燕子一挥帕子：

"不要行礼，不要参见，只要让开几步，我要出去走走。"

"皇上有旨，要还珠格格留在宫里，暂时不能出宫。"

小燕子一急：

"皇阿玛说，'祭天'之后，就可以出宫了！你们让开吧。"

侍卫毕恭毕敬地站立着，像一根根铁杆，丝毫不动，大声应道：

"奴才没接到圣旨，不敢做主！"

小燕子还待争辩，小邓子和小卓子上前。

"格格就回去吧！奴才说了，格格还不信！上次容嬷嬷特别把咱们两个叫进去，说要咱们好好侍候格格，不能让格格出宫！"

小燕子出不了宫，生气了。

"容嬷嬷是个什么东西？"

小邓子慌忙四看，赔笑地警告道：

"容嬷嬷可是皇后跟前的红人，就是格格，也得听她的！"

"笑话！我小燕子从来就没听过谁的！"

小燕子噘着嘴，气呼呼地一甩袖子，回头就走。

小邓子、小卓子慌忙跟随。

小燕子走到另一道宫门前，又被侍卫挡住了。

"你们看清楚，我是还珠格格呀！"她气冲冲地喊，"我不是你们的犯人啊！你们不认得我吗？"

侍卫们全部弯下腰去，齐声大喊，行礼如仪：

"格格吉祥！"

小燕子气得一跺脚，差点把"花盆底"跺碎。

"你们不让我出去，我还吉祥个鬼！我就'不吉祥'啦！"

当天夜里，小燕子梦到紫薇。她腾云驾雾般走向小燕子，眼中带笑，嘴角含愁。

"小燕子，你好不好？"她温柔地问。

"我……好……不好……好……"小燕子挣扎地、碍口地答。

"你偷了我的折扇，你偷了我的画卷，你偷了我的爹，你很得意啊？"

"不是的……不是这样的……你听我解释……"

紫薇蓦然间扑向小燕子，伸手去掐她的脖子，尖声大叫：

"你这个骗子！把我的爹还给我！还给我……我掐死你！"

小燕子大骇，张口狂叫：

"紫薇！你听我解释……紫薇……不要这样，我们是姐妹呀……救命呀……"小燕子一惊而醒。明月、彩霞睡在炕下，都被她的尖叫惊醒过来。

明月、彩霞跳起身子，双双扶住她，不断拍着、喊着：

"格格！没事没事！你又做梦了！"

小燕子怔忡地眨着眼睛，四面观望。

"我在哪里？"她迷迷糊糊地问。

"回格格，当然在宫里了。"

"宫里……我好想大杂院啊！"她出神地说。

明月、彩霞不知道她在说什么，不敢回话。

小燕子推开明月、彩霞，赤脚跳下床来。

明月、彩霞慌忙给她披衣服，穿鞋子。

"不用！不用！不要管我！"小燕子推开她们两个，在房间里走来走去，看来看去，"现在几更了？"

"回格格，刚打过二更。"

小燕子转动眼珠，满房间东张西望，忽然拍了拍手，喊：

"小卓子，小邓子！快来！快来！"

小卓子和小邓子一面应着"喳"，一面屁滚尿流般弯腰冲进房，兀自睡意蒙眬。

"奴才在！"

"你们以后，在我面前，不要自称'奴才'！"

"喳！奴才知道了。"小邓子大声答道。

"奴才遵命！"小卓子喊得更响……

明月掩口一笑。

小燕子瞪了明月一眼，没好气地问：

"笑什么笑？"

明月"扑通"一跪。

"奴婢该死！"

小燕子大为生气，拼命跺脚。

"什么奴婢该死？为什么该死？以后，都不可以说'奴才该死！奴婢该死！'谁都不是'奴才奴婢'，听到没有？"

四人便异口同声地回答：

"奴才、奴婢听到了！"

小燕子无可奈何，叹了一口大气，放弃这个题目了。

"小卓子、小邓子！你们把那个帐子上的铜钩给我拆下来。"

"帐子上的铜钩？"

"对对对！两个不够，再给我多找几个来！还有，把

120

你们的衣裳给我一件，再去给我找一些绳子来！粗的细的都要，越牢越好！"

"现在就要吗？"

"现在就要！快去！快去！"

小邓子和小卓子急忙大声应道：

"喳！"

快四更的时候，小燕子穿着一身太监的衣服，用一条灰色的帕子蒙住脸，只露出一对亮晶晶的眼睛，轻轻悄悄地来到西边的宫墙下，这儿是宫里最荒凉的地方。

她蛰伏着，隐藏在黑暗的角落，四面张望。

几个侍卫，巡视之后，走了开去。

小燕子又等了一会儿，见四下无人，便站起身子，走到墙边，仰头看着宫墙。

她试着跳了几跳，根本上不了墙，心里不禁嘀咕：

"每天吃啊吃！吃得这么胖，弄得我轻功都不灵了！墙又那么高！幸好我有准备！"

她就从怀里，掏出一条用帐钩做的工具来。她甩着帐钩，对着墙头抛了好几下，钩子终于抓住了墙头。

她立刻顺着绳子，往上攀爬。她爬了一半，忽然看到一队灯笼快速移近。

"不好！侍卫来了！快爬！"她心里叫着，慌忙手脚并用，往上攀爬。谁知帐钩绑的飞爪不牢，"咔嗒"一声，有个钩子松开了。

侍卫们立刻站住，四面巡视，大声问：

"什么声音？有刺客！什么人？出来！"

灯笼四面八方照，小燕子大惊。

侍卫们尚未发现吊在半空的小燕子，谁知，那帐钩一阵"咔嗒咔嗒"，全部松掉，小燕子便从空中直落下来，正好掉在侍卫的脚下。

"刺客！刺客！"侍卫们哄然大叫。

刹那间，十几支长剑"唰"地出鞘，全部指着小燕子。

小燕子魂飞魄散，大叫道：

"各位好汉，手下留情！"

"是个女人？"一个侍卫用剑"呼"地挑开了小燕子脸上的帕子。

侍卫们的长剑顿时"哐啷哐啷"全部落地。大家惊喊出声：

"还珠格格！"

第
七
章

天亮没多久，乾隆就被侍卫和小燕子惊动了。

乾隆带着睡意，揉着眼睛，无法置信地看着那穿着太监衣服的小燕子。衣服太大，完全不合身，太长的袖子，在袖口打个结，袖子里面鼓鼓的。太宽的衣服，只得用腰带在腰上重重扎紧，扎得乱七八糟，拖泥带水。脸上东一块脏，西一块脏，狼狈万分。哪儿像个格格，简直像个小乞丐。却挺立在那儿，一副天不怕地不怕的样子。乾隆惊愕得一塌糊涂。

"什么事，一清早就把朕吵醒？你怎么又变成女刺客了？你简直乐此不疲啊！这是一身什么打扮？你到底是怎么回事？"拿起侍卫交上来的那些帐钩绳子，看得一头雾水，"这一堆又是什么东西？"

小燕子嘟着嘴，气呼呼地答道：

"这是'飞爪百练索'!"

"啊?'飞爪百练索'?这还有名字呀?"乾隆更加惊异。

"当然不是正式的啦!我临时做的嘛!小卓子小邓子气死我了,跟他们说那些绳子不够牢、太细了,他们就是找不到粗的!害我摔下来……"

站在一边的令妃,忍不住插嘴问:

"你从哪里摔下来?"

"墙上啊!摔得浑身都痛!还差点给那些侍卫杀了!"乾隆一脸的不可思议。

"你半夜三更去翻墙?还带了工具去?你要做什么?"小燕子委屈起来。

"我跟皇阿玛说过了,我要到宫外去走走!可是,大家都看着我,每一道门都守了一大堆的侍卫,我就是出不去!这皇宫是很好玩,可是,我想我的朋友了,我想紫薇、柳青,柳红,小豆子……我真的不能忍耐了!"

乾隆瞪着小燕子,有些生气了:

"胡闹!太胡闹了!你现在已经封了'格格',不是江湖上的小混混呀!你娘怎么教你的?你打哪儿学来这些下三烂的玩意?"看钩子绳子,"哼!飞爪百练索!"

令妃见乾隆生气,急得不得了,对小燕子拼命使眼色。奈何小燕子也越来越生气,越来越委屈,根本不去注意令妃的眼光。

"朕记得你娘，是个温柔得像水一样的女子，怎会教你一些江湖门道？你这些三脚猫的武功，是哪个师傅教的？"乾隆的声音，严厉起来。

小燕子听乾隆又问到"娘"，难免有些心虚，想想，却代紫薇生起气来。没有进宫，还不知道乾隆有多少个"老婆"，进了宫，才知道三宫六院是什么！

小燕子背脊一挺，完全不知天高地厚，竟然对乾隆一阵抢白：

"你不要提我娘了，你几时记得我娘？她像水还是像火，你早忘得干干净净了！你宫里有这个妃，那个妃，这个嫔，那个嫔，这个贵人，那个贵人……我娘算什么？如果你心里有她，你会一走就这么多年，把她冰在大明湖，让她守活寡一直守到死吗？"

乾隆这一生，什么时候受过这样的顶撞，顿时脸色发青，一拍桌子，大怒道：

"放肆！"

乾隆这一拍桌子，房里侍立的蜡梅、冬雪和太监们，全部"扑通扑通"跪落于地，只有小燕子仍然挺立。

令妃急忙奔过来，推着她说：

"快给你皇阿玛跪下！说你错了！"

小燕子脑袋一昂，豁出去了。

"错什么错？反正谁生气都要砍我的脑袋！自从我进宫以来，我就知道我的脑袋瓜子在脖子上摇摇晃晃，迟早会掉下来!"说着,一个激动,就大声地冲口而出,"皇阿玛!我跟你说实话吧!我根本不是'格格',你就放了我吧!"

此话一出,人人震惊。令妃吓得花容失色,心惊胆战,脱口就喊:"格格!你怎么可以说这种话?跟你皇阿玛斗气要有个分寸,毕竟不在民间,你的'阿玛'是皇上啊!"

谁知,小燕子答得飞快,想也不想地说:

"我的阿玛不是皇上,我的阿玛根本不知道是谁!"

乾隆瞪着小燕子,见小燕子一脸的倔强、满眼的怒气、一股"绝不妥协"的模样,那份傲气和勇敢,竟是自己诸多儿女中,一个也不曾有的。想想,这孩子的指责,确有她的道理啊!他瞪着瞪着,不禁内疚起来。他叹口气,再开口时,声音竟无比地柔和:

"小燕子,朕知道是朕对不起你娘,其实,朕在几年后,又去过济南,想去接你娘的!但是,那次碰上孝贤皇后去世,什么心情都没有了!那种风月之事,也不能办了!朕知道你心里,一直憋着这口气,今天说了出来,就算脾气发过了!'不是格格'这种怄气的话,以后不许再说!朕都明白了,你娘……她怪了朕一辈子,恨了朕一辈子吧!"

小燕子目瞪口呆,无言以答了,睁大眼睛,愣愣地看着乾隆。

乾隆误会这样的眼光，是一种"默认"，心中立即充满了柔软、酸楚和难过。

"老实告诉你吧，朕的众多儿女中，没有一个像你这样大胆，敢公然顶撞朕！今天看在你娘面子上，朕不跟你计较了！"便柔声地喊，"你过来！"

小燕子没有上前，反而本能地一退。

"真的跟阿玛怄气吗？"乾隆的声音更加温柔了，几乎带着歉意。

令妃见乾隆竟如此赔小心，简直见所未见，就把小燕子拉上前去，笑着打哈哈：

"皇上，您瞧格格这张脸，跟小花猫似的！闹了一夜，又翻墙，又摔跤，还差点被侍卫杀了……在这儿等您起床，又等了好半天，难怪脾气坏，吓着了，又太累了嘛！"

乾隆伸手，托起了小燕子的下巴，仔细地凝视她，深深一叹。

"你这个坏脾气，简直跟朕年轻的时候，一模一样！"

小燕子睁大了眼睛，注视乾隆，本来以为，被乾隆逮到，一定会受到重罚，没料到乾隆居然这么温柔！她忽然热情奔放，张开嘴，"哇"的一声哭了。

"怎么了？怎么了？"乾隆大惊。小燕子一伸手，攥住乾隆的衣服，这一下，真情流露，呜呜咽咽：

"我从来不知道，有爹的感觉这么好！皇阿玛，我好害怕，你这样待我，我真的会舍不得离开你呀！"

乾隆的心，被小燕子这种奔放的热情，感动得热烘烘的，前所未有的一种天伦之爱，竟把他紧紧地攫住了。

乾隆就把小燕子温柔地拥在怀中，眼眶湿润地说：

"傻孩子，从今以后，你是朕心爱的还珠格格，朕也舍不得让你离开呀！"

小燕子听了这样的话，又喜又忧又感动，简直不知道该怎么办了。

片刻，乾隆拍了拍小燕子的头，说：

"以后想到宫外去，就大大方方地去！不要再翻墙了！咱们满人生性豪放，女子和男人一样可以骑马射箭！你想出宫，也不难！只是，换个男装，带着你的小卓子小邓子一起去！不能招摇，还要顾虑安全！"

小燕子一听，大喜，推开乾隆，一跪落地，"砰砰砰"磕了好几个响头。

"谢谢皇阿玛！谢谢皇阿玛！""不过，有个条件！"乾隆笑了。

"什么条件？"

"过两天，去书房跟阿哥们一起念书！我已经告诉纪晓岚，要他特别教教你！纪师傅学问好得很，你好好地学！你娘没教你诗词歌赋，咱们把它补起来！纪师傅说你学得不错，你才可以出宫！"

小燕子脸色一僵，心又落进谷底去了。

"啊？还要念书啊！"她心里叫苦不迭。当个格格，怎么这样麻烦！

小燕子走出乾隆的寝宫，仍然穿着她那身太监的衣服，嘴里念念有词，一路往漱芳斋走："念好了书，才许我出宫，根本就是糊弄我嘛！小时候在尼姑庵，师父教我念个三字经，已经要了我的命，现在再念，搞不好弄个一年两年，都念不好，那岂不是一年两年都出不去了？这要怎么办才好……"

迎面，尔泰和永琪走了过来。

永琪看到来了一个小太监，就招手道：

"你给我们沏一壶茶来，放在那边亭子里！我和福二爷要谈一谈！"

小燕子见是他们两个，心中一乐，什么都忘掉了，就想跟他们开个玩笑，用手遮着脸，学着小太监，一甩袖子，哈腰行礼。

"喳！"

小燕子这一甩袖子，甩得太用力了，袖口的结都散开了，几个藏在袖子里、准备带给紫薇的银锭子，就骨碌骨碌地从袖子里滚了出来，滚了一地。另一个袖子里的一串珍珠和金项链，也稀里哗啦落地。小燕子急忙趴在地上捡珍珠项链和银锭子。

永琪大惊，喊道：

"哒！你是哪一个屋里的小贼！身上藏着这么多的银

子和珠宝，一大清早要上哪里去？"

永琪说着，就飞蹿上前，伸手去抓小燕子的衣领。

小燕子回手，就一掌对永琪劈了过去。

永琪更惊，立刻招架，反手也对她打去。

小燕子灵活地翻身飞跃出去，永琪也灵活地跃出，紧追不舍。

尔泰一看，不得了，宫里居然有内贼，还敢和五阿哥动手！就腾身而起，几个飞蹿，稳稳地拦在小燕子面前。

"小贼！看你还往哪里跑？"

小燕子抬头，和尔泰打了一个照面，眼光一接，尔泰吓了一跳。怎么是小燕子？尔泰还没反应过来，小燕子乘他闪神之际，一脚飞踢他的面门。

尔泰急忙应变，伸手去抓她的脚。

她刚刚闪过尔泰，永琪已迎面打来。她想闪开永琪，奈何永琪功夫太好了，避之不及，就被永琪拎着衣服，整个提了起来。她还来不及出声，永琪举起她，就想往石头上面掼去。

这一下，小燕子吓得魂飞魄散，尔泰已经大喊出："五阿哥！千万不可！那是还珠格格啊！"

小燕子也在空中挣扎着，挥舞着手，大喊大叫：

"五阿哥！我认输了！不打了！不打了！"

永琪大惊失色，急忙松手。

小燕子翻身落地，站稳了，对永琪嫣然一笑，一揖到地。

"五阿哥好身手！上次被你射了一箭，我心里一直不大服气，因为我当时东藏西躲的，完全没有防备！所以，刚刚就想跟你斗斗看！没想到，差点又被你砸死，现在服气了，以后不敢惹你了！"

永琪目瞪口呆，瞪着小燕子，惊愕得连话都说不出来了。

这样一闹，就惊动了侍卫，大家奔来，七嘴八舌地喊：

"怎么？出了什么事？又有刺客吗？"

尔泰大笑，对侍卫们挥手：

"去去去！没事了！是还珠格格跟咱们闹着玩！"

侍卫们惊奇着，一面行礼，一面议论纷纷地散了。

永琪目不转睛地看着小燕子。

"你到底要给我多少意外，多少惊奇呢？这样的'格格'，是我一生都没有见过的！"他上上下下地打量小燕子，"你为什么穿成这样？带着那些银子和珠宝要干什么？"

尔泰心中藏着"真假格格"的秘密，更是深深地注视着小燕子，问：

"侍卫说，你昨天晚上，又闹了一次刺客的把戏，真的吗？"

小燕子看着两人，心中一动，压低了声音说：

"你们帮我好不好？我有事要求你们！"

"什么事？"

"我们到漱芳斋去谈！"

永琪和尔泰交换了一个视线，一语不发，就跟着小燕子到了漱芳斋。

小邓子、小卓子、明月、彩霞慌忙迎过来，四个人都是哈欠连天、不曾睡觉的样子，见到永琪和尔泰，连忙行礼下跪喊"吉祥"，小燕子对这一套好厌烦，挥手对四人说：

"你们四个，通通去睡觉！"

四人异口同声地回答：

"奴才不敢睡！"

小燕子听了就生气，大叫：

"掌嘴！"

四人就立刻左右开弓，对自己脸上打去。小燕子大惊，怎么真打？又急喊：

"不许掌嘴！"

四人这才住手。

小燕子瞪着四个人，严肃地说：

"跟你们说过多少次了，这'奴才不敢，奴婢不敢，奴才该死，奴婢该死'在我这个漱芳斋，全是忌讳，不许说的！以后谁再说，就从月俸里扣钱！说一句，扣一钱银子，说多了，你们就白干活了，什么钱都拿不到！"

四人傻眼了。小邓子就一哈腰说：

"奴才遵命！""记下！记下！小邓子第一个犯规，小卓子，你帮我记下！"小卓子立即回答：

"喳！奴……"想了起来，赶快转口说，"小的遵命。"

小燕子摇头，没辙了，挥手说：

"都下去吧！我没叫，就别进来。"

"喳！"四个人全部退下了。

永琪和尔泰看得一愣一愣的。永琪不解地问：

"为什么他们不能说'奴才'？"

小燕子不以为然地对永琪瞪大眼睛，嚷着说：

"你当'主子'已经当惯了，以为'奴才'生来就是奴才，你不知道，他们也是爹娘生的、爹娘养的，也是爹娘捧在掌心里长大的，只因为家里穷，没办法，才被送来侍候人，够可怜了！还要让他们嘴里，不停地说'奴才这个，奴才那个'，简直太欺负人！我不是生来的格格，我不要这些规矩！他们说一句'奴才'，我就难过一次，我才不要让自己一天到晚，活在难过里！"

永琪和尔泰，都听得出神了。两人都盯着小燕子看，永琪震惊于小燕子的"平等"论，不能不对小燕子另眼相看。这种论调，是他这个"阿哥"从来没有听过的，觉得新鲜极了，小燕子说得那么"感性"那么"人性"，使他心里有种崭新的感动。尔泰知道她不是真格格，对

133

她的"冒充"行为，几乎已经"定罪"。这时，看到的竟是一个热情、天真、连"奴才"都会爱护的格格，就觉得深深的迷惑了。

"你说得有理！我们这种身份，让我们生来就有优越感，以至于从来没有考虑过别人的感觉，确实，这对他们，是一种伤害吧！"永琪说。

小燕子的正义感发作了，越说越气：

"尤其是太监们，先伤害他们的身体，再伤害他们的……他们的……"想不出来应该怎么措辞。

尔泰说：

"再伤害他们的'尊严'？"

"对！就是'尊严'什么的！反正，把他们都弄糊涂了，连自己是个和我们一样的人，都不明白了。怎么跟他们说，他们都搞不清楚！"小燕子叹口气，脸色一正，看着二人，"言归正传，你们要不要帮我？"

"帮你做什么？"尔泰问。

小燕子才诚诚恳恳地看着永琪和尔泰，哀求地说："带我出宫去！我化装成你们的跟班也好，小厮也好，小太监也好……你们把我带出去，因为皇阿玛不许我出去！"

永琪一愣，面有难色，看尔泰：

"这个……好像不太好……"

尔泰盯着小燕子：

"你要出去干什么呢？如果你缺什么，告诉我，我帮你去办！要做什么，我也可以帮你去做！要送个信什么的，我帮你去送！"

小燕子心里急得不得了，满屋子兜着圈子，跺脚说：

"你们不懂，我一定要出去呀！我有一个结拜姐妹，名叫紫薇，我想她嘛！不知道她好不好？我急都急死了，我要去见她呀！我要给她送银子首饰去，还有一大堆的话要告诉她呀！"

尔泰大大一震。紫薇！结拜姐妹！原来，她的心里，还是有这个夏紫薇的！

当天，尔泰就把小燕子的话，原封不动地告诉了紫薇和尔康。

"她说她想我？有一大堆话要告诉我？"紫薇激动地喊。

"是！而且为了要出宫，昨天夜里去翻围墙，差点又被当成刺客杀掉了！连皇上都给惊动了！"

"你有没有告诉他，夏姑娘在我们家呢？"尔康急急问尔泰。

"我当然没说，没跟你们商量好，我怎么敢泄露天机呢？不过，随我怎么看，随我怎么研究，我都没办法相信，还珠格格是个骗子，是个很有心机的人！她看来天真得不得了！"

金琐忍不住插口了：

"两位少爷不知道，她骗人的功夫老到家了，当初我们也着了她的道儿，她在北京好多地方，都设过骗局，反正骗死人不偿命！"

"金琐！你别插嘴！"紫薇回头叱责着。

金琐不说话了。尔康凝视紫薇，沉思着问：

"你要不要见她一面呢？"

"见得到吗？怎么见呢？"紫薇屏息问。

"有两个办法。一个是，你混进宫去！一个是，她混出宫来！"

"可能吗？"紫薇眼睛一亮。

"只要安排得好，当然可能！额娘随时可以进宫，我们把你扮成丫头，跟额娘一起进宫，到了宫里，必须靠五阿哥里应外合……"尔康转眼看尔泰，"恐怕我们瞒不了五阿哥！你得把这件事告诉他。"

"这办法好像有点冒险！宫里的人太多了，眼线太多了！还珠格格出了不少的事，现在宫里对她都很注意……尤其皇后，等着要抓她的小辫子！我和五阿哥，今天在她那儿坐了坐，我们都怕会被人一状告到皇后面前，说她行为不检呢。"

"我们用第二个办法！照她所要求的，把她打扮成小太监，带出宫来吧！这也需要五阿哥帮忙才行。带出来之后，还得送回去！"尔康积极地说。

"我们信得过五阿哥，他一定不会泄露机密的！"

"夏姑娘……"尔康再度凝视紫薇。

"能不能请你们不要叫我'夏姑娘'，如果不见外，就叫我紫薇吧！"

"行！那么，你也不要公子少爷地喊，叫我尔康，叫他尔泰吧。"

"好，"紫薇注视尔康，"你刚刚要说什么？"

"你要心里有个谱！不管小燕子是怎么做到的，她确实做到了！她已经让皇上心服口服，认了她，还非常宠爱她！昨夜她在皇宫里翻墙，皇上都不肯追究，你就知道她的能耐了！可是，如果皇上发现她是假格格，以皇家律例，她是死罪一条！你，真想置她于死地吗？"

紫薇心里一酸，寻思片刻，坦白而真诚地说：

"小燕子和我是结拜过的，她是我的姐姐！在结拜的时候，我就诚心诚意地向皇天后土禀告过，将来无论我们两个的遭遇如何，我一定对她'不离不弃'！现在，她顶替了我的地位，当了格格，我虽然懊恼生气，可是，她还是我的姐姐！如果，为了要证明我自己的身份，而把她置于死地，我是绝对绝对不愿意的！我现在想见她一面，主要是想弄清楚，这到底是怎么一回事？这个疙瘩卡在我心里，我是坐立不安，只要她给我一个解释，让我了解真相，我就回济南去，当一辈子的夏紫薇！"

这一番话，使尔康深深地感动了，他一眨也不眨地看着紫薇，一叹：

"那……你也不必回济南，人生的际遇，有时是很奇怪的。老天或者有它的安排，也说不定！"

紫薇一怔，凝视尔康，尔康的炯炯双眸，也正灼灼然地看着她。两人目光相接，都有着深深的震动。

"那么，让我和阿玛再研究一下，和尔泰再部署一下，你相信我，我一定尽快安排你和小燕子见面！"尔康说。

紫薇感激不已，期待得心跳都加速了。

"我先谢谢你了！"

于是，这天下午，永琪和尔泰结伴来到漱芳斋，两人的神色都非常严肃，一进门，永琪就把自己贴身的太监小顺子、小桂子都安排在院子外面。又极其慎重地叫来小邓子、小卓子、明月、彩霞，让他们全体分站在门外把风。两人这才走进大厅，把窗窗门门一一关好。小燕子困惑地看着他们，等到尔泰一说出紫薇的下落，她才惊叫起来，激动无比地喊：

"你说，紫薇住在你家里？我所有的故事你都知道了，你唬我吧？真的还是假的？"她转头看永琪，"五阿哥！你也知道了？"

永琪急忙制止她：

"你声音小一点！这是何等大事，你还在这里嚷嚷！你真的不要命了吗？是的，我也知道了！尔泰把什么都告诉我了，现在这儿没有外人，我和尔泰要你一句真话，你坦白告诉我，你到底是不是格格？"

小燕子狐疑地看永琪和尔泰，不敢说话。

"你可以完全信任我们，如果我要跟你作对，我就不会来问你了！直接把紫薇送到皇上面前去就好了！"尔泰着急地说。

小燕子听到紫薇的名字，一颗心就全悬在紫薇身上了，急切地问：

"紫薇好吗？她骂我吗？恨我吗？"

"她怎么会好？那天在街上看着你游行，她追在后面喊，被侍卫打得半死，幸好我哥把她救进府里，进了府到现在，每天都精神恍惚、眼泪汪汪的！"尔泰说。

小燕子眼圈一红，咬着嘴唇，忍住眼泪。

"那……她一定恨死我了！"

"她说，只想见你一面，听你亲自告诉她，为什么会变成现在这样。她还说，就算你骗了她，你还是她结拜的姐姐！"

小燕子这一下把持不住了，顿时间，眼泪稀里哗啦地滚滚而下。

"我不是存心的！我不是存心的……"她哭着说。

永琪不相信地瞪着她：

"难道她的故事是真的？你不是格格，她才是？"

小燕子眼泪汪汪，拼命点头。

永琪、尔泰都睁大了眼睛。

"我真的不是故意的！"小燕子急急解释，"当时我被一箭射伤，病得昏昏沉沉，皇阿玛看了我身上的东西，不知怎么就认定我是格格了。等我醒来，皇阿玛对我好温柔，问这个，问那个，我就有些迷迷糊糊起来……然后，一屋子的人过来跟我跪下，大喊'格格千岁千千岁！'我就昏了头了！"

永琪脚下一个趔趄，脸色苍白。

"天啊！你怎么能昏头呢？这是要诛九族的欺君大罪啊！"

"我没有九族，我只有一个人，一个脑袋……"

永琪踩脚。

"这个脑袋已经快保不住了！"便心慌意乱地看尔泰，"你说要怎么办？这事是绝对不能说穿的！"

永琪脸色那么苍白，尔泰的脸色就也苍白起来。

"或者，我们可以说服紫薇，让她放弃身份，将错就错，回济南去……"

"她会肯吗？她不是路远迢迢到京里来，就为了找皇阿玛吗？"永琪瞪着小燕子，"这样吧！我们掩护你溜出宫去，出了宫，就不要回来了！我给你安排几个高手，保护着你，你连夜逃走吧！"

"你别糊涂了！"尔泰着急地说，"这是什么烂主意？那怎么成！宫里丢了一个格格，多少人要倒霉！你和我，也脱不了干系！"

小燕子见永琪和尔泰神色紧张仓皇，这才知道事态严重。

"难道……皇阿玛真的会砍我的头？"她不由自主地放低了声音，不相信地问。

尔泰和永琪不约而同地、郑重地点头。

"皇阿玛对我这么好，他怎么舍得杀我？"她还是不信。"他对你好，是因为他相信了你的故事，以为你是他的骨肉！如果他知道你骗了他，他气你恨你都来不及，还会原谅你吗？"永琪说，"你对于我们王室的事，了解得也太少了！"

小燕子这才急了。

"那……我们还等什么？我这就去换衣裳，你们带着我，马上逃走吧。"小燕子说着，就往寝室里冲去。

尔泰急忙拉住她。

"你不要听风就是雨，尔泰说得对，这样做不行的，何况什么都没安排……"永琪话说到一半，外面忽然传来小顺子、小桂子、小卓子、小邓子……他们紧张而大声地通报，一进一进地喊进来。

"皇后娘娘驾到……皇后娘娘驾到……"

永琪、尔泰、小燕子全都倏然变色。

第八章

皇后昂首阔步，带着容嬷嬷疾行而来。一走进漱芳斋的院子，就觉得气氛诡异。小顺子、小桂子、小邓子、小卓子、明月、彩霞全都在房间外面，伸头探脑。一看到她们两个，喊得比什么都大声。皇后心里疑惑，脚下不停，才迈进大厅，就看到永琪跟尔泰，带着小燕子匆匆地迎了出来，纷纷请安：

"儿臣恭请皇额娘金安！"

"小燕子恭请皇后娘娘金安！"

"臣福尔泰叩见皇后娘娘！"

皇后看了三人一眼，眉头一皱，心中又是纳闷，又是怀疑。

"原来五阿哥和尔泰在这儿！"眼光扫视三人，语气尖锐，"你们三个，有什么秘密吗？为什么把奴才们都安排在门外？我是不是来得不太凑巧？"

永琪慌忙机警地答道：

"皇额娘多心了！今天书房下课比较早，就和尔泰到格格这儿坐坐，聊聊家常。格格对宫中规矩，至今不大习惯，不喜欢奴才们在面前侍候！"

皇后哼了一声，看向小燕子。

"这样吗？我看，我得想个法儿，让你对这宫中规矩，尽快地熟悉起来！"

皇后说着，就昂首向厅里走去。容嬷嬷等一行人紧随。

永琪见小燕子掀眉瞪眼，用手在脖子上一比画，表示"小心脑袋"。

皇后蓦然一回头，这个动作，就看得清清楚楚。

皇后心中有气，先藏住自己的种种怀疑，瞪着小燕子，严厉地问道：

"听说格格前晚又大闹皇宫了？还带着武器，想翻墙出去，是吗？"

小燕子一怔，嘟着嘴说：

"怎么一点点小事，也会弄得人人都知道呢？皇阿玛已经教训过了！以后不敢了就是嘛！"

皇后见小燕子既不认错，也不害怕，说得还挺大声，气不打一处来。

"你这是什么态度？一个'格格'，半夜去翻墙，还叫作'一点点小事'。那么对你而言，什么才是大事？"

小燕子对这个皇后，早就有气，立刻冲口而出地说：

"砍头就是大事啊！听说皇后娘娘很想砍我的头啊！"

皇后变色，勃然大怒，一拍桌子，怒声喊：

"你听谁说，我要砍你的头？是谁在我背后造这种谣言？你说！你说！"

一屋子的人全吓傻了，大气都不敢出。

尔泰和永琪交换视线，急死了。

"没有人告诉我，是我自己'听说'的！"

"你'听谁说'？马上招出来！"皇后大声命令。

"我不要说！说了你也不相信！就是听你说的！"

皇后怒极，简直无法控制了，厉声大喊：

"给我跪下！"

小燕子一怔，还来不及表示反抗，容嬷嬷上前，对她膝弯处很有经验地一踢，她一个站不住，就跪下了。

"掌嘴！"皇后再叫。

小燕子又惊又怒，就大喊出声：

"皇后！你别弄错了，我不是你的奴才，你要打要骂，都随你的便！我是皇阿玛封的格格，你要打狗，也要看主人是谁！"

皇后气得快发疯了，瞪大了眼，不敢相信地说：

"你居然搬出皇上来压制我！你这个不知天高地厚的野丫头！我今天就代皇上教训你！"便抬头喊，"容嬷嬷！"

"奴婢在！"容嬷嬷答得响亮。

"掌她的嘴！看她说不说！"

容嬷嬷就一步上前，对着小燕子，一耳光抽去。

尔泰和永琪双双大惊。永琪大叫：

"皇额娘，使不得！"

小燕子实在没有防备到容嬷嬷说打就打，在毫无准备下，猛地挨了容嬷嬷一耳光，立刻气得暴跳如雷。对容嬷嬷大喊了一声：

"你是哪一棵葱，居然敢打我？"

一面喊着，一面就握紧拳头，砰的一拳对容嬷嬷打去。容嬷嬷猝不及防，"咕咚"一声，栽倒在地上，抱着肚子直叫"哎哟"。小燕子乘此机会，一跃而起，向后飞蹿了好几步，竟飞身而起，爬在一根柱子上，对容嬷嬷喊：

"有种！你就上来抓我！你来呀！来呀！"

满屋子的人，个个又惊愕又意外，全部睁大了眼睛，仰头看着小燕子。

皇后这一下，气得快要昏倒了，回头大声喊：

"来人呀！去叫大内侍卫，通通过来！宫里要清理门户！"

太监们一迭连声地回答：

"喳！奴才遵命！"

永琪和尔泰，见闹得这样不可开交，迅速地交换了一个眼神。尔泰对永琪点点头，做了一个手势，两人之间，默契十足。尔泰留下帮小燕子，永琪溜到门边，一溜烟地去找乾隆了。

当乾隆带着令妃，气急败坏地赶来时，只见皇后怒气冲冲地站在室内，小燕子依然紧抱着柱子，高踞在柱子顶端，已经涨得脸红脖子粗，快要抱不住了。而一群大内高手，都在柱子下环伺，显然已经和小燕子僵持了一段时间。

一屋子的人，惊见乾隆赶到，全都匍匐于地，高声大喊：

"皇上吉祥！"

小燕子看见乾隆到了，如见救星，在柱子上面叫：

"皇阿玛！我没办法给您行大礼了，也没办法给您请安了……您快救救我，这儿有一大群人要杀我！"

乾隆见到这个局面，简直惊得目瞪口呆，生气地喊：

"这……成何体统？"抬头对小燕子喊，"你快下来！""你保证我不会丢脑袋，我才会下来！"

"丢什么脑袋？谁要你的脑袋了？朕保证没有人敢伤你……""还要保证我不受罚……"小燕子居然和乾隆讲起价来。

皇后气得发昏，一步上前，对乾隆说：

"皇上！您不能再纵容这个小燕子了，她礼貌没礼貌，规矩没规矩，水准没水准，教养学问更是谈不上！连我的教训，她都公然顶撞，说话不三不四，还制造谣言，我让容嬷嬷教训她一下，她居然出手打人……"

皇后的话还没说完，小燕子已经支持不住，大叫：

"皇阿玛！我快挂不住了……"

乾隆仰头，看着摇摇欲坠的小燕子，担心得不得了。

"挂不住，还不快下来！"回头急喊，"尔泰，永琪，你们两个上去，把她给弄下来，可别让她摔了！"

永琪和尔泰，便高声答应：

"喳！"

两人双双飞身上去，一人抓着小燕子的一只胳臂，三人像一只大鹏鸟一般地飞了下来，准确地落到乾隆面前……

小燕子一下地，立刻跪在乾隆脚下，委屈地喊：

"皇阿玛，我在民间十八年，日子虽然过得苦，可从来没有人打过我一下，今天进了宫，破题儿头一遭，被人甩了一个耳刮子！这个格格当得好辛苦，宫里一大堆人不服气，恨不得把我五马分尸！说我来历不明，名不正，言不顺！皇阿玛，如果你真要保护我，让我回到民间去算了！"

乾隆生气，怒扫了皇后一眼，问：

"是谁甩了她一个耳刮子？"

容嬷嬷"扑通"一跪。

"回万岁爷，是奴才！"

乾隆瞪着容嬷嬷，气冲冲地说：

"容嬷嬷！你是皇后面前的老嬷嬷，皇后任性的时候，心情不好的时候，你都得劝着一点，怎么不劝？朕就知道，平时推波助澜、唯恐天下不乱的人，就是你们！"

容嬷嬷一惊，立刻左右开弓，打着自己的耳光。

"奴才知罪……奴才该死……"

皇后气得脸色惨白，往前跨了一步。

"皇上！打还珠格格是臣妾的命令，容嬷嬷不过是执行而已，皇上这样，是在惩罚臣妾吗？"

乾隆瞪视着皇后，感慨万千地说：

"朕没有要任何人碰容嬷嬷一下，皇后也会心痛，你对容嬷嬷尚且如此，还不能宽容小燕子吗？"就说，"容嬷嬷！起来吧！"

容嬷嬷慌忙磕头，起身，灰头土脸地说：

"谢皇上恩典！谢皇上恩典！"

皇后气得咬牙切齿。

"如果朕不及时赶到，你预备把小燕子怎样？"乾隆看皇后。

"交给宗人府发落！"皇后傲然地挺着背脊。

"你会不会太过分了？她只是小孩脾气，毫无心眼！你贵为皇后，怎么跟一个孩子认真？她犯了什么罪，要送宗人府？"乾隆问。

"忤逆罪！"皇后冷冷地回答。

这时，令妃忍不住上前，对皇后说：

"皇后，您别生气了！格格粗枝大叶，不懂规矩。可是，心眼是好的，对人也挺热心的！进宫这些日子，人缘一直很好，几个小阿哥、小格格都很喜欢她，今天冲撞了您，大概是个误会。您大人不计小人过，别跟她计较了，让她给您赔个不是吧！"

"对对对！小燕子，你给皇后磕个头吧！"乾隆附和着说，不愿闹得皇后太下不了台。毕竟，她统摄三宫六院，一切宫中规矩，是她的权责。

小燕子看了看乾隆，乾隆悄悄地跟她使了个眼色。小燕子不愿忤逆乾隆，转身对皇后磕了一个头，嘴里还叽咕着说：

"反正磕一个头，又不会少一块肉！"

话"叽咕"得挺大声，皇后脸色铁青。小燕子不情不愿磕完头，站起身就走到乾隆身边去找寻"庇护"。皇后心里的不平，像烧旺的火，熊熊地冒着火苗。她回头面对乾隆和令妃，义正词严地说：

"皇上！臣妾有几句话，不能不说，忠言逆耳，如果会让皇上不高兴，我也顾不得了！这个还珠格格，既然已经被封为'格格'，一举一动，代表的是皇家风范，假若做出什么荒唐的事情，会伤害皇上的尊严！现在，她已经闯了一大堆的祸，闹了许多笑话，再加上她胆大妄为，没上没下！宫里人多口杂，对她的行为，已经传得乱七八糟！如果再不管教，只怕会变成宫里的大问题，民间的大笑话！所以，我认为今天她用这种态度对我，就算不送宗人府，也该惩罚惩罚，让后宫妃嫔格格们，做个警惕！"

皇后这几句话，正气凛然，合情合理，乾隆也不能不沉默了。

令妃听到还要惩罚，一急，忍不住又开了口："皇后！小燕子虽然行为鲁莽，但是，她毕竟不是宫里长大的，情有可原！再加上，她的率直和天真烂漫，正是皇上最珍惜的地方，如果一定要用礼教来拘束，岂不是把她的优点，全部抹杀了！咱们宫里，规规矩矩的格格，还不够多吗？"

令妃这几句话，可说到乾隆的心窝里去了，乾隆急忙点头称是。

"正是正是！令妃说的，就是朕想说的！这还珠格格，既然来自民间，让她保持一点'民风'不好吗？至于管教，朕也有这个意思，不过，别操之过急，把她给吓唬住了，慢慢来吧！"

皇后见令妃和乾隆一唱一和，气极，却不便发作，瞪了面有得色的小燕子一眼就对皇上请了一个安，说：

"皇上这么说，就这么办吧！臣妾先告退了！"

乾隆点点头，皇后便带着她的人，全体退出去。

皇后一走，小燕子笑开了，对乾隆和令妃心甘情愿地磕了一个头，大声地说：

"小燕子谢皇阿玛救命之恩！谢令妃娘娘袒护之恩！来生做牛做马，做猪做狗，再报答你们！"

乾隆又好气又好笑，弯腰拉起小燕子，凝视着她：

"你不要太得意了，皇后说的话，也有她的道理！她是国母呀，你怎么连她也顶撞呢？你这样没轻没重，到处树敌，还随时做些奇奇怪怪的事，朕要把你怎么办才好呢？"

小燕子冲口而出：

"您多疼我一点，少要求我一点，就好啦！"

乾隆瞪着她，笑了。

乾隆这样一笑，满屋子的人，全体跟着笑了。一场风波，就这样烟消云散。永琪看着小燕子，对于这个精灵古怪、花招百出的"假格格"，实在不能不甘拜下风，佩服得五体投地了。

当天，在学士府，永琪见到了他真正的妹妹，夏紫薇！

紫薇穿着旗装，雍容华贵，轻轻盈盈地走过来，抬起澄澈的大眼睛，对永琪深深一凝眸，屈膝行礼。

"夏紫薇见过五阿哥！"

永琪目不转睛，上上下下地打量了一下紫薇，心中暗暗喝彩。

"我的名字是永琪。你应该知道，我们这一辈，排行是'永'字辈。算年龄，我比你大了些，应该算是你的五哥！"

紫薇听到永琪这样说，眼眶一热，凝视着永琪，又感动，又感慨地说：

"你这一句'五哥'，虽然只有两个字，对于我，却有千斤重啊！我从济南到这儿，路上走了半年，在北京又折腾了好几个月……想尽办法，到处碰壁！你是我见到的第一个亲人！我没办法告诉你，我现在有多么激动，虽然我无缘得到皇上的承认，我依然对上苍充满感恩，因为你已经承认了我！"

永琪好感动。这个紫薇，和小燕子简直是两个世界里的人，小燕子没章没谱，大而化之；紫薇却纤细温柔，如诗如画。永琪诚挚地说：

"我真没想到，我在宫里，多了一个小燕子那样的妹妹，在宫外，还有一个像你这样的妹妹！我和尔泰，一路都在谈你和小燕子两个！"

"你相信我的故事吗？你不怕我是一个骗子吗？你不认为小燕子才是真的格格，而我是冒牌的吗？"紫薇问。

尔康对紫薇点头说：

"现在已经完全没有怀疑了，因为小燕子对五阿哥和尔泰两个，把什么都招了！"

紫薇大震，颤声地问：

"她招了？她承认了？"

"是！她承认了！她说，情非得已，当时，有很多状况，很多误会，才造成今天的局面！她哭了，说是对不起你！"尔泰说。

紫薇跟跄了一下，金琐急忙扶住。紫薇心中痛楚：

"这种大事，她用'对不起'三个字，就解决了吗？"

尔康走上前去，对紫薇诚恳地说道：

"我想，现在，我们的传话都没有意义，只有等到你和小燕子见了面，才能澄清种种问题！刚刚尔泰告诉我，小燕子在宫里发生很多事情，现在已经是危机重重，目前，能不能出宫还不知道。可是，我们一定会想办法安排！"回头看永琪，"是吗？五阿哥会帮我们的，对不对？"

永琪拼命点头。

"是！我一定想办法！小燕子也一直求我，让我带她出来见你！你知道吗？为了要见你，她半夜翻墙，差点又被侍卫当成刺客打死了！她还带了好多珠宝和银子，说是要送来给你用！"

"是吗？"紫薇又震动了。

"是！"永琪注视紫薇，眼神诚挚而深刻，一直看进紫薇的眼神深处去，"紫薇，我可不可以有一个要求呢？"

"五阿哥不要这么客气，你有什么吩咐，就直说吧！"

"请不要伤害小燕子！不管现在的事实是怎样，我都相信小燕子情有可原！事关生死，你还是要三思而行才好！"

紫薇震动地看着永琪，忽然在那张俊秀的脸庞上，在那明亮发光的眼神中，看出了某种让人感动的深情。他好喜欢小燕子啊！她模糊地想着。为了保护小燕子，或者，他宁愿没有自己这个妹妹吧！小燕子，她就有这种魔力，让身边的人，都不由自主地去喜欢她、去保护她。一时之间，她不知道是该嫉妒小燕子，是该恨小燕子，还是已经原谅小燕子，还是在继续喜欢小燕子？真的，听了小燕子在宫中的种种，看到永琪和尔泰对小燕子的忠诚，她的心已经软了。

恨小燕子？她居然没办法恨小燕子！她迷糊了，半晌，都默然不语。

三天后，永琪和尔泰，带了一封厚厚的信，到学士府来交给紫薇。

紫薇惊奇得睁大了眼睛，激动地喊：

"小燕子给我一封信？她写的信？她怎么会写信？"

"是啊！好厚的一封信，她再三叮嘱我，要我亲自交给你！说她'写了'一个通宵才写出来的！"永琪说。

紫薇接过信来，尔康、尔泰、永琪、福伦、福晋、金琐全都忍不住好奇地观望。尔康看着紫薇，问：

"你不是说，小燕子没念过什么书吗？

"是啊！当初教她写我的名字，教了好多天才会，一直怪我的名字笔画太多了！所以，她写信给我，我才觉得好稀奇呀！"

大家伸头去看，只见信封上歪歪倒倒地写着"紫薇"二字。

紫薇裁开信封，急忙抽出一沓信笺。

紫薇一看，是好几幅画。

第一张画，画着一只小鸟儿，胸口插着一支箭，倒在地上，周围围着一些人。

第二张画，画着小鸟儿睡在床上，一个穿着龙袍的人含泪在拔箭。远处有一朵小花儿在流泪。

第三张画，画着小鸟儿靠在床上，瞪着骨碌滚圆的眼睛，一群人把格格头饰放在小鸟儿的头上，穿龙袍的人站在旁边微笑。

第四张画，画着一朵花，小鸟儿衔着格格头饰，正给花儿戴上。

紫薇看完四张画，早已热泪盈眶，把画交给尔康，她激动得一塌糊涂，嚷着说：

"我现在都明白了！我就知道小燕子不会欺骗我，我就知道一定有原因！她受伤了？你们没有一个人告诉我，她受伤了？你们怎么不说？她被箭射到了吗？伤得很严重吗？"

尔康等人，大家抢着看了看那些画，看得一知半解。永琪惊愕地问大家：

"你们没有告诉紫薇，小燕子是被抬着进宫的？"便抬头看紫薇，"是我一箭射中了她，当时，四个太医会诊，皇阿玛说，治不好小燕子，要太医'提头来见'。治了整整十天，才治活的！"

"为什么不告诉我？你们谁都没说过！"紫薇喊。

"我们以为你知道，我以为我哥告诉过你了！"尔泰惊讶地说。

"我以为尔泰说过了，居然我们谁都没说吗？"尔康也惊讶地问。

"这个经过慢慢再告诉你……"尔康摇了摇手里的信笺，"你都看懂了？"

紫薇含泪而笑。

"看懂了！"

福伦和福晋，接过信笺也看了看。福伦忍不住问：

"她说些什么？"

紫薇郑重地接过信笺，打开，看着信笺说：

"你们可能看不懂，我念给你们听！"便正色地、动容地、充满感情地念起信来，"满腹心事从何寄？画个画儿替！小鸟儿是我，小花儿是你！小鸟儿生死徘徊时，小花儿泪洒伤心地！小鸟儿有口难开时，万岁爷错爱无从拒！小鸟儿糊糊涂涂时，格格名儿已经昭大地！小鸟儿多少对不起，小花儿千万别生气！还君明珠终有日，到时候，小鸟儿负荆请罪酬知己！"

紫薇念得抑扬顿挫，头头是道，大家听得目瞪口呆。尔康凝视着紫薇，在一片震动的情绪里，还有说不出来的佩服。大家都听得感动极了，震动极了。

紫薇念完信，对众人含泪一笑。

"就是这样了，她把所有的事情，都交代清楚了！"

永琪瞪着紫薇，心服口服地喊：

"所谓格格当如是！"

"哇！什么叫'出口成章'，我今天是领教了！"尔泰喊。

尔康热烈地看着紫薇，叹了口气，自言自语地说：

"天下的奇女子，都被咱们碰上了！"回头看永琪，"五阿哥，谢谢你那一箭！射得好！"

永琪一愣。

"你谢得有点古怪！"

紫薇不由自主地脸一热，眼睛里亮晶晶的。

福晋拿起那些画，左看右看，纳闷地说：

"一个字都没有，居然有这么多的词，也只有你看得懂！真难为了你，怪不得你会和她结拜，只有姐妹，才会这样心灵相通吧！"

福伦瞪着紫薇，起身，对紫薇一拜。到了此时，才真正承认了紫薇。

"福伦有幸，能让一位真格格住在我家，有什么不周到的地方，你一定要说！"

紫薇跳起身子，涨红了脸，对众人喊：

"你们不要这样，弄得我不好意思！接到小燕子的信，我实在太兴奋，忍不住就'卖弄'了一下，你们千万不要笑我！不过是文字游戏而已！"

"我打赌，你如果在皇阿玛身边，他会喜欢得发疯的！"永琪说。

紫薇脸色一暗，忽然走到房间正中，面对众人，跪了下去，诚诚恳恳地说：

"不瞒大家，自从我发现小燕子是格格以后，我对小燕子真是又恨又怨又生气，可是，这些日子以来，听你们大家跟我分析利害，我已经越来越明白，我的存在，不只威胁到小燕子的生命，还威胁到很多无辜的人！今天，我看了小燕子的信，我不再恨她了，也不怪她了！"抬头看了尔康一眼，"你说过，老天这样安排，可能有它的意义！我终于相信了这句话！"

尔康目不转睛地看着紫薇。

"现在的情势，如果我要认爹，可能有两个结果：一个是，我爹相信了我，那么，是小燕子死！另一个是，我爹不相信我，那么，是我死！"

福伦不禁深深点头。

"你分析得很对，足以见得，你已经想得非常透彻了！"

"无论是我死，还是小燕子死，都是不值得！上苍既然把小燕子送进宫，让她阴错阳差地做了格格，又让她帮我承欢膝下，做了女儿该做的事，我还有什么好埋怨呢？所以，我决定了，从今以后，还珠格格是小燕子！我是夏紫薇，一个普通的老百姓。现在，知道这个秘密的，就是你们各位，请你们帮我一个忙，永远永远，咽下这个秘密！"

大家激动着，感动着，一时无语。

尔康便就手扶起紫薇，动情地说：

"你起来吧！你的这番话，事实上，在我们每个人的心里，都盘旋了一段时间，只是没有人敢跟你讲。今天，你自己说出来了，我想，五阿哥和我们，都松了一口气！你能为大局着想，能为小燕子着想，牺牲你自己，你这种胸襟和气度，让我实在太佩服了！紫薇，我跟你保证，你不会白白牺牲的。老天会给你另一种幸福，一定会！"

尔康说得坦率坚定，紫薇凝视尔康，不禁动容。

福伦和福晋对看一眼，都若有所觉而惊异着。

室内，每个人有每个人的感动。只有金琐，不禁流下泪来，轻轻地喊了一声：

"小姐！你娘的遗志……"

紫薇回头看金琐，微笑地打断了金琐：

"金琐，你不必帮我委屈，我娘要我带给我爹的东西，小燕子已经帮我带到了！从我爹对小燕子的态度来看，我爹并没有完全忘掉我娘，我想，我娘应该可以含笑九泉了！"

紫薇说完，就对永琪说：

"五阿哥，请你把我的话，说给小燕子听！"

永琪心悦诚服地答道：

"你放心！我会一字不漏地讲给她听！"

所以，当天下午，在漱芳斋，小燕子已经听到了整个念信的经过。别提小燕子有多么激动了，她瞪着永琪，一直不敢相信地问：

"她原谅了我？她不恨我了？她说的？她真的这么说？"

永琪目不转睛地看着欣喜若狂的小燕子，叹口气，说：

"小燕子，我坦白告诉你，我生在帝王家，家里姑姑多、姐妹多，我是在一群'格格'中间长大的！可是，我从来没有见过这样两个格格，一个是你！一个是紫薇！你的率直坦荡，紫薇的诗情画意，你们两个真是绝配！看多了我家那些方方正正的'格格'，真欣赏你这个不在格子里的'格格'，和紫薇那个玲珑剔透的'格格'！"

左一个格格，右一个格格，可把小燕子听得头昏脑涨。她大叫一声，说：

"不要跟我发表你的'格格'论了！只要告诉我，紫薇真的没有骂死我，恨死我，气死我……还把我的信，念成一首歌……你没有骗我吧？我做梦都梦到紫薇要掐死我呢！"

"不骗你，她说，她已经原谅你了！"

"哇！"小燕子腾空一跃，几乎穿窗飞去，"紫薇原谅了我！紫薇原谅了我！"就满室飞舞，乐不可支。"我就说嘛，拜把子是拜假的吗？上有玉皇大帝，下有阎王老爷，全都看着呢！可是……"又急急地抓住永琪的袖子，"我还是要把这个'格格'还给紫薇！我一定要还的！你帮我想想办法看，我怎么样可以把'格格'还给紫薇，不用砍头丢脑袋？我对自己这颗脑袋，其实还蛮喜欢的！"

永琪慌忙四面看看。

"小声一点！小声一点！你要叫得尽人皆知吗？你已经把皇后得罪了，说不定四面八方都是皇后的眼线，你还在这儿嚷嚷！"小燕子盯着永琪，有个疑问，憋在心里好久了。

"你叫皇后皇额娘，她是你的娘吗？"

"不是的！因为她是皇后，我必须这样叫她！我的亲生额娘是愉妃，已经去世了！皇后的亲生儿子，是十二阿哥，不是我！"

小燕子呼出一大口气，连忙喊：

"阿弥陀佛！谢天谢地！"

"你别阿弥陀佛了，如果是的话，还可以帮你讲讲话，不是才糟呢！皇后平常对我就已经忌讳了，现在又加一个你！"

"皇后为什么忌讳你？"

"自古以来，宫闱的倾轧都是同一个理由……咱们不要谈这个了！"凝视小燕子，"你眼前最大的危机，总算有惊无险，只要紫薇放你一马，你就安全了！你安心当你的还珠格格，不要东说西说，知道吗？"

"说实话，我已经当得不耐烦了，你们赶快帮我想一个脱身的办法！"

"好，我帮你想脱身的办法，没想好以前，你答应我不闹事！"

小燕子胡乱地点点头。永琪认真地叮嘱道：

"你和皇后，最好不要作对！在宫里，有宫里的生存法则，你这样任性，迟早会吃大亏的！我请求你，学着保护自己，好不好？"

永琪语气中的温柔，让小燕子心里热乎乎的，眼中闪着喜悦，就伸手很男性化地，用手背"啪"地在永琪胸口打了一下，打得永琪好痛。

"你放心，我没给你那一箭射死，就死不掉了！"

永琪摇头苦笑：

"我还真不放心！如果你最后会丢脑袋，还不如当初一箭射死你，免得牵肠挂肚！"

"你说什么？"小燕子眼睛一瞪。

永琪慌忙掩饰地看向窗外。

"没什么！"

"不要东拉西扯了，你到底什么时候可以安排我出宫去见紫薇？"

"少安毋躁！"

"什么安什么躁？你叫我不要急是吗？怎么可能不急呢？我急得不得了！刚刚皇阿玛把我叫去说，明天要我跟你们一起去书房念书，我听到念书，一个头就涨成两个大，我哪儿会念书呢？大字都不认得几个，什么纪师傅，好像很有学问的样子，我一定会大出洋相，怎么办嘛？"

永琪看着她，笑了笑。

"怕什么？有我和尔泰，我们会帮你的！到时候，纪师傅一定会先考考你，你看我们的眼色就对了！我们不会让你下不来台的！"

"什么？还要考我呀？我完了！真的完了！"小燕子苦着脸叫，"当个格格，怎么这么麻烦？还是让紫薇来当比较好！"

小燕子往椅子里一倒，好像天都塌下来了。

第九章

　　其实，清朝的格格们是不上书房的。上课，是阿哥们的事，不是格格的事。乾隆虽然嘴里说，满人对女儿和儿子的教养差不多，不会拘束女子。事实上，女儿和儿子的待遇是绝对不一样的。女儿念不念书没关系，儿子就必须都是文武全才。但是，格格们都有妃嫔们自我要求，自我教育。乾隆是个琴棋书画样样精通的人，格格们当然也个个都是出口成章的人物。所以，乾隆对于小燕子，居然没念什么书，觉得是个大大的缺陷，他自己常说，人如果不读书，就会粗鄙，而他，最受不了的就是粗鄙。

　　所以，还珠格格是第一个走进书房的格格。

　　这天，乾隆为了慎重，也为了要看看纪晓岚如何"教育"小燕子，特别带着小燕子到书房。一群阿哥们，和伴读的王公子弟们，见小燕子来了，万绿丛中一点红，给书房带来了一份活泼的气氛，不禁个个都有些兴奋。但是，看到乾隆坐镇，大家又都惴惴不安了。

纪晓岚看着小燕子，关于小燕子的种种脱序行为，早已传遍宫中。看到小燕子正襟危坐，如临大敌，大眼睛不住左顾右盼，而尔泰和永琪，一边一个，频频给她使眼色，觉得有些稀奇。心想，乾隆亲自督阵，这个"师傅"，责任重大。不管怎样，先试试小燕子的程度再说。

纪晓岚就清清嗓子，微笑地说：

"今天是格格初次入学。臣想，不妨抛开那些又厚又重的书本，做些轻松有趣的事儿，格格以为如何？"

小燕子一听不碰书本，不由得笑逐颜开，忙不迭地就连连点头。

"咱们先来一个文字游戏，来作'缩脚诗'，总共四句，第一句七个字，第二句五个字，第三句三个字，第四句只有一个字，四句里头，格格随意接哪一句都行……"便看着阿哥们说，"哪一位先帮格格开个头？"

小燕子苦着一张脸，听得完全莫名其妙，什么"缩脚诗"，还叫"伸头诗"呢！看样子，自己得找一个地洞，到时候，来个"地洞诗"，钻下去算了！正在想着，永琪已经大声地接了口：

"我先来！"便看看小燕子，又看看尔泰，朗声念，"四四方方一座楼！"

"挂上一口钟！"尔泰即刻接上，看小燕子，表示已从七字降为五字。

"撞一下！"永琪见小燕子一脸糊涂，赶快接了三个字的，现在只要接一个字就可以了，永琪把茶杯倒扣，拿折扇做撞击状，暗示着。

小燕子瞪大眼睛看着，本能地就接一声：

"嗡……"

永琪、尔泰、阿哥们不禁热烈鼓掌叫好：

"哈哈……对了对了，就是这样！"

小燕子惊喜莫名，不相信地问：

"真的吗？我真的接对了吗？"

"接得好极了，接得妙极了！"永琪首先赞美。

乾隆笑着摇摇头。

"这不是接出来的，这是蒙出来的！不能算数，师傅再另外出题吧！"

纪晓岚出了第二个题：

"接下来，咱们来填诗，我提下半句，听好啊！'圆又圆，少半边，乱糟糟，静悄悄。'格格要用这几个字，填成一首诗！五阿哥！我看你跃跃欲试，你就再给格格示范一下！"

永琪想了想，看着小燕子，不能用字太深，要浅显，要是小燕子能够了解的。就念了出来：

"十五月儿圆又圆，初七初八少半边。满天星星乱糟糟，乌云一遮静悄悄！"

"唔！填得不错！"纪晓岚点头，心里可不怎么满意，太口语了！还没来得及要小燕子作，尔泰已经忙不迭地说：

"我也示范一下！"看着小燕子，心想，永琪说得还是"太诗意"了，应该从生活中取材，还要是小燕子能了解的生活，就念了一首："一个月饼圆又圆，中间一切少半边。惹得老鼠乱糟糟，花猫一叫静悄悄！"

尔泰这样的诗，惹得阿哥们情不自禁地大笑。纪晓岚和乾隆相对一看，明知永琪和尔泰在千方百计地帮小燕子，两人也不表示什么。纪晓岚就催着小燕子说：

"格格！该你了，试一试吧！"

小燕子一怔，为难地说：

"不试不行吗？"

"要试要试，这没有什么好难为情的！"纪晓岚鼓励着。

"那……要是填得不对、不好……"

"没有关系，不对可以更正，不好可以修饰啊！"

小燕子看看永琪他们，两人都对她点点头，鼓励着。小燕子知道赖不掉了，只得吸了一口气，豁出去了。

"好吧！试就试！"就看着纪晓岚，大声念着：

"师傅眼睛圆又圆……"一句话刚刚出口，阿哥们窃笑四起，小燕子硬着头皮继续念，"一拳过去少半边……"满堂的窃笑立刻变成了哄堂大笑，大家笑得东倒西歪。小燕子四面看看，完全就地取材，念了第三句："大家笑得乱糟糟……"

这一下，大家实在忍不住了，笑得前俯后仰，气都喘不过来了。课堂上从来没有喧闹成这样子过，何况乾隆在场！纪晓岚气得吹胡子瞪眼睛，急得又咳嗽又拍桌子，满屋子的笑声就是无法控制。乾隆又好笑又好气，不得不板起面孔重重一哼：

"哼！"

阿哥们顿时收住笑，小燕子瞅了乾隆一眼，可怜兮兮地接完最后一句：

"皇上一哼静悄悄！"

大家又迸出大笑声，有的胆子小，拼命憋着笑，憋得脸红脖子粗。

乾隆哭笑不得，只有化为一声长叹：

"唉！"

小燕子看看乾隆，又看看纪晓岚，忽然间灵机一动，想起紫薇曾经教过她一副对子，当时觉得好玩，就记住了。现在，不妨拿出来试一试！当下，就又委屈，又不服气地朗声说：

"皇阿玛别叹气呀！书上这些文绉绉的玩意儿我是外行，可是外头活生生的世界我可内行了，不相信，我也来出个对子，只怕你们谁都对不出来！"

乾隆顿时大感兴趣。

"哦？好大的口气，晓岚！你听见没有啊？"

"臣听见了，请格格尽管出题！"纪晓岚看着小燕子。

"好，听着啊！'山羊上山，山碰山羊角，咩！'"最后一声羊叫，惟妙惟肖。

纪晓岚一呆。这是什么东西？怎么对？

阿哥们纷纷窃窃私语。

连乾隆也露出了困惑之色。

眼看大家讨论、思考、皱眉、抓头，表情不一而足，小燕子真是好不得意。

"怎么样啊？"小燕子笑嘻嘻地问大家。

阿哥苦笑的苦笑，摇头的摇头。

"纪师傅？"小燕子得意地看纪晓岚。

纪晓岚涨红了脸，不得不拱拱手说：

"请教格格！"

"这下联嘛！就是……"小燕子笑嘻嘻地接了下联，"水牛下水，水淹水牛鼻，哞！"最后的一声牛叫，也惟妙惟肖。

乾隆不禁拊掌大笑：

"哈哈……原来如此，原来如此啊！"

纪晓岚也笑了出来，明知道小燕子不可能对出这样的对子，一定是什么文人的游戏之作，但是，看到乾隆那么高兴，就也凑趣地说：

"正所谓教学相长也，还珠格格！今日，我算是服了你了！"

阿哥们都鼓起掌来，哄然叫好。永琪和尔泰相对一看，与有荣焉。

小燕子眼睛发光，脸孔也发亮，笑得好灿烂，心里却在叽咕着：

"还好，跟紫薇学了这么一招，把师傅也唬住了！"

乾隆听到纪晓岚赞美小燕子，更乐了。

"哈！博学多才的纪晓岚，居然也有甘拜下风的一天啊！哈哈……"

在一片哄闹声中，小燕子飘飘然着，永琪和尔泰用力鼓掌，都满眼激赏地凝视她，书房中难得这样热闹，大家兴奋，其乐融融。

小燕子上书房的趣事，几乎立刻就轰动了整个宫廷，更是大臣们茶余酒后的笑谈。大家对于这个毫无学问，却能让乾隆开怀大笑的"民间格格"，传说纷纭。对于她的来历，更是揣测多端，各种说法，莫衷一是。

不管大家的议论如何，小燕子还是心心念念要出宫。出不了宫，见不到紫薇，难免心浮气躁，觉得当格格越来越不好玩了。

同一时间，紫薇已经下定决心，让小燕子的格格当到底，她要彻底"退出"了。

这天，尔康走进紫薇的房间，发现紫薇把一摞洗得干干净净的衣裳放在床上。她和金琐两个，打扮得整整齐齐，正准备出门。

尔康一惊，急急地问：

"你们要去哪里？"

"正要去大厅，看福大人、福晋和你们兄弟两个！"紫薇说。

"有事吗？阿玛去拜访傅六叔了，还没回家。尔泰进宫了，也还没回来！"

"啊！"紫薇一怔。

"什么事呢？告诉我吧！"

"我是要向大家道谢，打扰了这么多日子，又让大家为我操心。现在，情势已经稳定了，我想我也应该告辞了！我把福晋借我穿的衣裳，都洗干净放在床上了……"

尔康一震，看看收拾得纤尘不染的房间，着急地问：

"为什么急着走呢？难道我们有什么不周到的地方吗？"

紫薇摇摇头，赶紧说：

"没有没有！就因为你们太周到了，我才不安心！真的，打扰得太多了，我也该回到属于自己的地方去了！"

尔康凝视紫薇，忽然间，就觉得心慌意乱了，一急之下，冲口而出：

"什么是'属于你自己的地方'？你是说那个大杂院？还是说皇宫？还是你济南老家？什么是属于你的？能不

能说清楚？"

一番话问住了紫薇。她的脸色一暗，心中一酸。

"是，天下之大，居然没有真正属于我的地方！但是，'不属于'我的地方，我是很清楚的！"

尔康看了金琐一眼。

金琐就很识趣地对尔康福了一福，说：

"大少爷，我先出去一下！您有话，慢慢跟小姐谈！"

金琐走出门去，关上了房门。

紫薇有些不安起来，局促地低下头去。尔康见房内无人，就一步上前，十分激动地盯着紫薇。

"紫薇，我跟你说实话，我不准备放你走！"

紫薇大震，抬头看尔康。

"为什么？"

"因为……我们大家，包括五阿哥在内，都或多或少，给了你很多压力，使你不得不委委屈屈，放弃了寻亲这条路！我们每个人都明知你是金枝玉叶，却各有私心，为了保护我们想保护的人，把你的身世隐藏起来，我们对你有很多的抱歉，在这种抱歉里，只有请你把我们家当成你的家，让我们对你尽一份心力！"

"你的好意，我心领了！其实，你们一点都不用对我抱歉，是我自己选择放弃这条路，我也有我想保护的人！你们全家对我都这么好，我会终生感激的！但是，它毕竟不是我的家，我住在这儿，心里一直不踏实，你还是让我走吧！"

尔康情急起来。

"可是，你的身份还是有转机的！说不定柳暗花明呢？住在我家，宫里的消息，皇上的情况，甚至小燕子的一举一动……你都马上可以知道，不是很好吗？何况，我们还在安排，要把你送进宫，跟小燕子见面呢！"

"我心里明白，混进宫是一件很危险的事，说不定会让福晋和你们，都受到责难！看过小燕子的信以后，我已经不急于跟小燕子见面了！只要大家都平安，就是彼此的福气了！"

"可是，可是……你都不想见皇上一面吗？"

紫薇一叹：

"见了又怎样呢？留一点想象的空间给自己，也是不错的！"

尔康见讲来讲去，紫薇都是要走，不禁心乱如麻。

"那……你是走定了？"

"走定了！"

尔康盯着紫薇，见紫薇眼如秋水，盈盈如醉，整个人就痴了，顿时真情流露，冲口而出地说：

"所有留你的理由，你都不要管了！如果……我说，为了我，请你留下呢？"

紫薇大震，踉跄一退，脸色苍白地看着尔康。

尔康也脸色苍白地看着紫薇，眼里盛满了紧张、期盼和热情。

这样的眼光，使紫薇呼吸都急促起来，她哑声地问：

"你是什么意思？"

"你这么冰雪聪明，还不懂我的意思吗？自从你在游行的时候，倒在我的脚下，攥住我的衣服，念皇上那两句诗……我就像是着魔了！这些日子，你住在我家，我们几乎朝夕相处，你的才情，你的心地，你的温柔……我就这样陷下去，情不自禁了！"尔康一口气说了出来。

紫薇震动已极，目不转睛地看着尔康，呆住了。

两人互看片刻，紫薇震惊在尔康的表白里，尔康震惊在自己的表白里。

尔康见紫薇睁大眼睛，默然不语，对自己的莽撞，后悔不迭，敲了自己的脑袋一下，退后了一步，有些张皇失措。

"我不该说这些话，冒犯了你！尤其，你是皇上的金枝玉叶，我都不知道你会怎样想我。"紫薇愣了片刻，低低说：

"我现在还算什么金枝玉叶呢？我说过了，我只是一个平常的老百姓，一个没爹没娘的孤儿，甚至连一个名誉的家庭都没有……真正的金枝玉叶是你，大学士的公子，皇上面前的红人，将来，一定也有真正的金枝玉叶来婚配……我从小在我娘的自卑下长大，不敢随便妄想什么！"

尔康听得非常糊涂，激动地说：

"如果你可以'妄想'呢？你会'妄想'什么？"

紫薇大惊，再度踉跄一退。

尔康见紫薇后退，受伤，懊恼，狼狈起来，脸上青一阵，白一阵。

"是我脑筋不清，语无伦次！你把这些话，都忘了吧！如果你决定要走，待我禀告过阿玛和额娘，我就送你回大杂院！"

尔康说完，不敢再看紫薇，就伸手要去开门。

紫薇心情激荡，一下子拦了过去，挡在门前，哑声地说：

"我留下！"

尔康大震，抬头盯着紫薇：

"你说什么？"紫薇睁着黑白分明的眼睛，一眨也不眨地看着尔康，自从来到福府，对尔康的种种感激和欣赏，此时，已融合成一股庞大的力量。她无法分析这股力量是什么，只知道，她的心，已经被眼前这个恂恂儒雅的男子，深深地打动了。她清晰地说：

"为了你最后那个理由，我不走了，我留下！"

尔康太激动了，一步上前，就忘形地握住紫薇的手。

紫薇脸红红的，眼睛水汪汪的，也忘形地看着尔康。

两人痴痴地对视着，此时此刻，心神皆醉，天地俱无了。到这时候，紫薇才知道，尔康常说，紫薇和小燕子的阴错阳差，是老天刻意的安排。她懂了，失之东隅，收之桑榆！如果她顺利进了宫，就不会进府！和尔康的这番相知相遇，相怜相惜，大概就不会发生了！她定定地看着尔康那深邃的眸子，突然间，不再羡慕小燕子了。

这时的小燕子，确实没有什么可羡慕的，因为，她正陷在水深火热中。

到底，皇后用什么方式，说服了乾隆，小燕子不知道。她只知道，忽然间，乾隆不只对自己的"学问"关心，对于自己的"生活礼仪"，也大大地关心起来。而且，他居然派了和小燕子有仇的容嬷嬷来"训练"她，这对小燕子来说，是个大大的意外，更是个大大的灾难！

事有凑巧，乾隆带着皇后和容嬷嬷来漱芳斋那天，小燕子正趴在地上，和小邓子、小卓子、明月、彩霞四个人，在掷骰子，赌钱。四个宫女太监，全都听从小燕子的命令，趴在地上，正玩得不亦乐乎。

谁知道，乾隆等一行人，会忽然"驾到"呢？门口又没派人把风，等到乾隆的贴身太监小路子，一声"皇上驾到，皇后驾到"的时候，乾隆和皇后已经双双站在小燕子面前了。

小燕子吓了一大跳，慌忙从地上跳了起来。

小邓子、小卓子、明月、彩霞全部变色，吓得屁滚尿流，仓皇失措。大家纷纷从地上爬起来，还没站稳，抬眼看到乾隆和皇后，又都"扑通扑通"跪下去。这一起一跪，弄得手忙脚乱，帽子、钗环、骰子、铜板……
滚了一地。

小燕子倒是手脚灵活，急忙就地一跪。

"小燕子恭请皇阿玛圣安，皇后娘娘金安！"

皇后见众人如此乱七八糟，心中暗笑。

"格格在做什么呢？好热闹！"皇后不温不火地说。

乾隆皱着眉头，惊愕极了，看着满地的零乱。

"小燕子，你这是……"看到骰子，气不打一处来，
对小邓子四个人一瞪眼，大喝一声，"是谁把骰子弄进
来的？"

小燕子生怕四人挨骂，慌忙禀告：

"皇阿玛！你不要骂他们，是我逼着他们给我找来
的，闲着也是闲着，打发时间嘛！"

乾隆听了，简直不像话！心里更加不悦，哼了一声，
瞪着太监和宫女们，大骂：

"小邓子，小卓子！你们好大胆子！好好的一个格
格，都被你们带坏了！"

小邓子、小卓子跪在地上，簌簌发抖。

"咱们……奴才该死！"

皇后眉毛一挑，立刻说：

"什么叫'咱们奴才该死'？谁跟你们是'咱们'？"

小燕子又急忙喊：

"是我要他们说'咱们'，不许他们说'奴才该死'！

皇阿玛，皇后，你们要打要骂，冲着我来好了，不要老是怪到他们头上去！"

乾隆看了皇后一眼，气呼呼地点点头：

"你说对了！小燕子不能再不管教了！"便转头对小燕子，严厉地喊，"小燕子！你过来！"

乾隆的脸色这么难看，小燕子心里暗叫不妙，只得硬着头皮走了过去。

"从明天起，你双日上书房，跟纪师傅学写字念书；单日，容嬷嬷来教你规矩！容嬷嬷是宫中的老嬷嬷，你要礼貌一点，上次发生的那种事，不许再发生了！如果你再爬柱子，再打人，朕就把你关起来！君无戏言，你最好相信朕的话！"

容嬷嬷就走上前来，对小燕子行礼。

"容嬷嬷参见格格，格格千岁千千岁！"

小燕子蓦地一退，脸色惨变，急喊：

"皇阿玛！您为什么这样做？"

"朕知道什么叫'恃宠而骄'，什么叫'爱之，适以害之'！不能再纵容你了！"

乾隆一用成语，小燕子就听得一头雾水，心里又着急，想也不想，就气急败坏地喊着说：

"什么'是虫儿叫'，什么'暖吱暖吱'？皇阿玛，你不要跟我转文了，你不喜欢我赌钱，我不赌就是了，你把我交给这个容嬷嬷，不是把鸡送给黄鼠狼吗？下次你要找我的时候，说不定连骨头都找不到了！"

容嬷嬷面无表情，不动声色。

皇后摇摇头，一股"你看吧"的样子，注视着乾隆。

乾隆听到小燕子的"是虫儿叫，暖吱暖吱"，简直气得发昏。对这样的小燕子，实在忍无可忍，脸色一板，厉声一吼：

"朕已经决定了！不许再辩！朕说学规矩，就要学规矩！你这样不学无术、颠三倒四，让朕没办法再忍耐了！"便回头喊，"容嬷嬷！""奴才在！"容嬷嬷答得好清脆。

"朕把她交给你了！"

根本是"有力"的！

小燕子的灾难，就从这一天开始了。

容嬷嬷教小燕子"规矩"，不是一个人来的，她还带来两个大汉，名叫赛威、赛广。两人壮健如牛，虎背熊腰，走路的时候，却像猫一样轻巧，脚不沾尘。小燕子是练过武功的，对于"行家"，一目了然。

知道这两个人，必然是大内中的高手。

容嬷嬷对小燕子恭恭敬敬地说：

"皇上特别派了赛威、赛广兄弟来，跟奴婢一起侍候格格。皇上说，怕格格一时高兴，上了柱子屋檐什么的，万一下不来，有两个人可以照应着！"

小燕子明白了，原来师傅还带着帮手，看着赛威、赛广那两人像铁塔一般，心里更是暗暗叫苦。

她看着容嬷嬷，转动眼珠，还想找个办法推托。

苦思对策。

"容嬷嬷，我们先谈个条件……"

容嬷嬷不疾不徐地说：

"奴婢不敢跟格格谈条件，奴婢知道，格格心里，一百二十万分地不愿意学规矩！奴婢是奉旨办事，不能顾到格格的喜欢或不喜欢。皇上有命，奴婢更不敢抗旨！如果格格能够好好学，奴婢可以早点交差，格格也可以早点摆脱奴婢，对格格和奴婢，都是一件好事！就请格格不要推三阻四了！"

容嬷嬷讲得不卑不亢、头头是道，小燕子竟无言以对，无奈地大大一叹：

"唉！什么'格格''奴婢'的搞了一大堆，像绕口令似的，反正，我赖不掉就对了！"

小燕子第一件学的，竟是"走路"。容嬷嬷示范，一遍又一遍地教：

"这走路，一定要气定神闲，和前面的人要保持距离！甩帕子的幅度要恰到好处，不能太高，也不能太低，格格请再走一遍！

"格格，下巴要抬高，仪表要端庄，背脊要挺直，脸上带一点点笑，可不能笑得太多！再走一遍！

"格格，走路的时候，眼睛不能斜视，更不能做鬼脸！请再走一遍！"

小燕子左走一遍，右走一遍，一次比一次不耐烦，一次比一次没样子，帕子甩得忽高忽低。容嬷嬷不慌不忙地说：

"格格，如果你不好好学，走一个路，我们就要走上十天半月，奴婢有的是时间，没有关系！但是，格格一天到晚，要面对我这张老脸，不会厌烦吗？"

小燕子忍无可忍，猛地收住步子，一个站定，甩掉手里的帕子，对容嬷嬷大叫：

"你明知道我会厌烦，还故意在这儿折腾我！你以为我怕你吗？我这样忍受你，完全是为了皇阿玛，你随便教一教就好了，为什么要我走这么多遍？"

容嬷嬷走过去，面无表情地拾起帕子，递给小燕子。

"请格格再走一遍！"

"如果我不走呢？"

"格格不走，容嬷嬷就告退了！"

容嬷嬷福了一福，转身欲去。小燕子不禁大喊：

"慢着！你要到皇阿玛面前告状去，是不是？"

"不是'告状'，是'复命'！"

小燕子想了想，毕竟不敢忤逆乾隆，气呼呼地抓过帕子。

"算了算了！走就走！哪有走路会把人难倒的呢？"

小燕子甩着帕子，气冲冲迈着大步向前走，帕子甩得太用力，飞到窗外去了。

小邓子、小卓子等六人，拼命忍住笑。

容嬷嬷仍然气定神闲，把自己手里的帕子递上，不温不火地说：

"请格格再走一遍！"

小燕子第二件学的是"磕头"。和"走路"一样，磕来磕去，磕个没完没了。

"这磕头，看起来简单，实际上是有学问的！格格每次磕头，都没磕对！跪要跪得端正，两个膝盖要并拢，不能分开！两只手要这样交叠着放在身子前面，头弯下去，碰到自己的手背就可以了，不必用额头去碰地，那是奴才们的磕法，不是格格的磕法。来！请格格再磕一次！

"格格错了！手不能放在身子两边……再来一次！

"格格又错了，双手要交叠，请格格再磕一次！"

小燕子背脊一挺，掉头看容嬷嬷，恼怒地大吼：

"你到底要我磕多少个头才满意？"

容嬷嬷温和却坚持地说：

"磕到对的时候就可以了！"

小燕子就跪在那儿，磕了数不清的头。

小燕子第三件学的事，居然是如何"坐"。

"所谓站有站相，坐有坐相。这'坐'也有规矩的！要这样慢慢地走过来，轻轻地坐下去。膝盖还是要并拢，双手交叠放在膝上。格格，请坐！

"格格请起，再来一遍！坐下去的时候，绝对不能让椅子发出声音！

"格格请起，身子要坐得端正，两只脚要收到椅子下面去！请再来一遍！

"格格请起，头要抬头，下巴不能下垂，两只脚不要用力！请再来一遍！"

于是，小燕子又起立，又坐下，整整"坐"了好多天。

小燕子终于爆发的那一天，是练习了好久的"见客"之后，好不容易，到了吃饭的时间。她累得脚也酸了，手也酸了，脖子背脊无一不痛。看到吃饭，如逢大赦，高兴得不得了。坐在餐桌上，她吃着这个，看着那个，狼吞虎咽，一面忙着自己吃，还要一面忙着招呼小邓子、小卓子等人。

"哇！总算可以吃饭了，我现在吃得下一头牛！"

稀里呼噜一口汤，满意地喘了口大气，再含着一口菜，回头说："大家坐下来一起吃吧！我相信大家都饿了，都累了，这一桌子的菜，我一个人怎么吃得下？来来来！吃饭！吃饭！累死事小，饿死事大……"小燕子话没说完，容嬷嬷清脆地说：

"格格，请放下筷子！"

小燕子一怔，抬起头来，气往脑袋里直冲。

"干吗？规矩已经教完了，我现在在吃饭呀！难道你连饭也不让我好好吃？"

"这'吃饭'也有规矩！嘴里含着东西，不能说话！更不能让奴才陪你吃饭，奴才就是奴才！格格身份高贵，不能和奴才们平起平坐，这犯了大忌讳！格格拿筷子的方法也不对，筷子不能交叉，不能和碗盘碰出响声！喝汤的时候，不能出声音！格格，请放下筷子，再来一遍！"

这一下，小燕子再也无法忍耐了，"啪"的一声，把筷子重重地往桌上一拍，跳起身子，大叫：

"我不干了！可以吧！这个还珠格格我不当了！早就不想干了！什么名堂嘛？坐也不对，站也不对，走也不对，跪也不对，笑也不对，说也不对……连吃都吃不对！我不要再受这种窝囊气！我受够了！我走了，再也不回来了！"

小燕子一面喊着，一面摘下了"格格扁方"，往地上一摔，扯掉脖子上的珠串，珠子稀里哗啦地散了一地，小燕子就冲出房去。在她身后，小邓子、小卓子、明月、彩霞、容嬷嬷嘴里喊着格格，拼命地追了出来……

就在这个时候，乾隆、皇后、令妃，带着永琪和尔泰走进漱芳斋的院子。

小燕子像箭一样地射出，嘴里乱七八糟地喊着：

"帽子，不要了！珠子，不要了！耳环，不要了！金银财宝，都不要了！这个花盆底鞋，也不要了……"就伸脚一踢一踹，一双花盆底鞋子飞了出去。

乾隆惊愕地一抬头，只见一只花盆底鞋，对他脑门直溜溜飞来。乾隆大惊：

"这是什么？"

永琪出于直觉反应，跳起身伸手一抄，抄到一只鞋子。

乾隆瞪大了眼睛。皇后、令妃、永琪、尔泰都是一阵惊呼。小燕子嘴里还在喊：

"不干了，总可以吧！什么'还珠格格'，简直成了'烤猪格格'……"

乾隆惊魂未定，怒喊：

"小燕子！你这是干什么？"

小燕子这才猛然刹住脚步，睁着大眼，气喘吁吁地看着乾隆。

奔出门来的容嬷嬷、小邓子、小卓子、明月、彩霞、赛威、赛广扑通扑通地跪了一地，纷纷大喊：

"皇上吉祥！皇后娘娘吉祥！令妃娘娘吉祥！五阿哥吉祥！福二爷吉祥……"

在这一片吉祥声中，小燕子却涨红了脸，瞪大了眼珠子，气鼓鼓地光脚站着，一句话都不说，也不请安。皇后一挑眉，厉声问：

"这是怎么回事？容嬷嬷！"

"奴婢在！"

"你不是陪着格格吗？怎么把格格教成这个样子？帽子鞋子全飞了，是怎么回事？你说！"

"奴婢该死！教不会还珠格格！"容嬷嬷一股"罪人"状。

乾隆气得眼冒金星，瞪着小燕子，大怒地吼：

"你这是什么样子！要你学规矩，你怎么越学越糟？你看看你自己，服装不整，横眉怒目，成何体统？"

小燕子什么都不管了，直着眼睛嚷：

"皇阿玛！我豁出去了！这个格格我不干了！你要砍我的脑袋，我也只有认了！反正……"她傲然地昂着头，视死如归地大喊，"要头一颗，要命一条！"

乾隆被她气得脸红脖子粗。"你以为'格格'是什么？随你要干就干，要不干就不干？"回头大叫，"来人呀，给朕把还珠格格拿下！"

赛威、赛广便大声应着"喳"，上前迅速地捉住了小燕子。

小燕子急喊：

"皇阿玛！皇阿玛……你真的要我的脑袋吗？"

乾隆震怒，无法控制了，对小燕子声色俱厉地吼着："你如此嚣张，如此放肆！朕对于你，已经一忍再忍，实在忍无可忍了！朕不要你的脑袋，只要好好地教训你！"便对太监们喊道，"打她二十大板！"

太监们大声应着"嗻"。

永琪大急，真情流露，扑通一声，对乾隆跪落地，气急败坏地喊：

"皇阿玛请息怒！还珠格格是金枝玉叶，又是女儿身，恐怕禁不起打！不如罚她别的！"

尔泰见永琪跪了，便也跪了下去。"皇上仁慈！五阿哥说得很对，格格不比男儿，不是奴才，万岁爷请三思！"

令妃也急忙对乾隆说："是呀是呀！还珠格格身体娇弱，上次受的伤，还没有全好，怎么禁得起板子？皇上，千万不要冲动呀！"

小邓子、小卓子、明月、彩霞四人，更是磕头如捣蒜，流泪喊："皇上开恩！皇上开恩！"

乾隆见众人求情，略有心软，瞪着小燕子怒问：

"你知错没有？"

谁知，小燕子下巴一抬，脱口而出：

"我最大的错，就是不该做这个格格……"

乾隆不等她说完，就大喊着说："打！打！谁都不许求情！"

这时，早有太监搬了一张长板凳来。

赛威、赛广便把小燕子拖到板凳前，按在板凳上面，另有两个太监，拿了两根大板子，抬头看乾隆。

乾隆怒道："还等什么？打呀！朕要亲自看着你们打！重重地打！重重地打！"

两个太监不敢再延误，噼里啪啦地就对小燕子屁股上打去，一面打，一面数数："一！二！三！四……"故意打得很慢，给乾隆机会叫停。

小燕子直到板子打上了身，这才知道乾隆是真的要打她，又痛又气又急又羞又委屈又伤心，挣扎着，挥舞着手大叫：

"皇阿玛！救命啊……我知错了！知错了……"

痛得泪水直流。

永琪急坏了，跪行到乾隆面前，磕头喊：

"皇阿玛！手下留情呀！"

乾隆怒不可遏，喊道：

"说了不许求情，还有人求情！加打二十大板！"

永琪和尔泰，再也不敢求情，急死了，眼睁睁看着板子噼里啪啦，打上小燕子的屁股。

令妃眼看小燕子那一条葱花绿的裤子，已经透出血迹，又是心痛，又是着急。自从小燕子进宫，令妃还是真心疼她。这时，什么都顾不得了，抓着乾隆的手，一溜身跪在乾隆脚下，哀声喊着：

"皇上，打在儿身，痛在娘心！小燕子的亲娘，在天上看着，也会心痛的！皇上，你自己不是说过，对子女要宽容吗？看在小燕子娘的分上，您就原谅了她吧！再打下去，她就没命了呀……"

令妃的话，提醒了小燕子，当下，就没命地哭起娘来。

"娘！娘！救我呀！娘……娘……你为什么走得那么
早？为什么丢下我……"一哭之下，真的伤心，不禁悲从
中来，痛喊，"娘！你在哪里啊！如果我有娘，我就不会
这样了……娘！你既然会丢下我，为什么要生我呢……"

乾隆一听，想着被自己辜负了的雨荷，心都碎了，
急忙喊：

"停止！停止！别打了！"

太监急急收住板子。赛威、赛广也放开小燕子。

小燕子哭着，从板凳上瘫倒在地。

令妃、明月、彩霞都扑过去抱住她。

乾隆走过去，低头看了小燕子一眼，看到她脸色苍
白，哭得有气无力，心里着实心痛，掩饰住自己的不忍，
色厉内荏地说：

"你现在知道，'君无戏言'是什么意思了！不要考
验朕的耐心，朕严正地警告你，再说'不当格格'，再
不守规矩，我绝对不饶你！如果你敢再闹，当心你的小
命！不要以为朕会一次又一次地纵容你！听到没有？"

小燕子呜呜咽咽，泪珠纷纷滚落，吓得魂飞魄散，
拼命点头，却说不出话来。

乾隆见小燕子的嚣张，变成全然的无助，心中恻然，
回头喊：

"赛威！赛广！去传胡太医来给她瞧瞧！容嬷嬷，去

把上次回疆进贡的那个‘紫金活血丹’，拿来给她吃！”

乾隆说完，便一仰头，转身而去。

皇后、容嬷嬷、赛威、赛广、太监、宫女跟随，都疾步而去了。

永琪和尔泰，见到乾隆和皇后已去，就跳起身子，奔过去看小燕子。

永琪看到小燕子满脸又是汗，又是泪，奄奄一息，裤子上绽着血痕，心都揪紧了，掩饰不住自己的心痛和关怀，低头说：

“小燕子，你怎样？现在，皇上和皇后都已经走了，你如果想哭，就痛痛快快哭一场吧！不要憋着！”

小燕子闭着眼，泪珠沿着眼角滚落，嘴里叽里咕噜，不知道说了一些什么。

“她说什么？”尔泰听不清楚，问永琪。

“她说，幸好打的不是紫薇！”

第十章

知道小燕子挨了打，紫薇激动得一塌糊涂，不相信地看着大家。

"皇上打了小燕子？怎么可能？他不是很喜欢小燕子的吗？他不是心存仁厚的吗？他不是最欣赏小燕子那种无拘无束的个性吗？为什么打她呢？打了，是不是表示皇上不喜欢她了？那……小燕子有没有危险呢？"尔康见紫薇急得魂不守舍，急忙安慰她：

"你先不要急！皇上其实和一般人没有两样，也是望子成龙、望女成凤的！管教小燕子应该是爱，而不是不爱！"

永琪摇摇头，担心地说：

"尔康说得对，但是也不对！"

"什么又对，又不对的？"紫薇问。

"皇阿玛是我的爹，我太了解他了！小燕子完全不明白'伴君如伴虎'这句话，皇阿玛这一生，从来没有人敢顶撞他，敢跟他说'不'字，他早已经习惯这种生活了！他的话是圣旨，是命令，是不可违背的！小燕子头几次顶撞他，皇阿玛觉得新鲜，忍了下去，次数多了，皇阿玛就受不了了！"

福伦不禁拼命点头：

"五阿哥分析得对极了！想想宫里，不论是哪位娘娘，哪位阿哥和格格，不仅对皇上千依百顺，还想尽法子讨好，皇上对小燕子能够忍到今天，已经很不容易了！何况，小燕子还有敌人，这些敌人在皇上面前，叽叽咕咕一下，皇上的面子，也挂不住呀！不管也得管！"

紫薇更急了。

"这么说，小燕子根本就有危险嘛，她向来就咋咋呼呼，不知道天高地厚的，她脾气还硬得很，绝不会上一次当，学一次乖！过几天，她又会原形毕露的！今天是挨打，下次，岂不是要砍头了？"便对永琪、尔泰说，"五阿哥，尔泰，你们两个常常在宫里，一定要想办法保护她才好！"

"你以为我不想保护她吗？但是，这内宫之中，还是有礼法的！虽然是兄妹，也男女有别，我和尔泰，去漱芳斋的次数太多，一样会惹起是非和议论的！"永琪说。

紫薇越想越急，便走到福晋面前，哀求着说：

"福晋，你上次说，可以把我打扮成丫头，带进宫里去！你就冒险带我进去吧，好不好？本来，我以为小燕子这两天就可以混出宫来了，现在，她又被打伤了，肯定出不来，我好想进去看看她！"

福晋一怔。

"这……还是太冒险了吧？万一被发现了，咱们怎么说呢？何况，现在刚刚发生了事，咱们更不能轻举妄动了！"

"额娘说得对！小不忍则乱大谋，你一定要忍耐！"尔康说。

紫薇急得心烦意乱：

"知道小燕子挨了打，我怎么还能忍耐呢？她一个人在宫里，身上受了伤，连个说知心话的人都没有，她怎么办呢？"她越说越急切，越想越难过，"她每次出事，原因只有一个，就是心里还记挂着我，要把格格还给我，才会说些'不当格格''不是格格'这种话……"抬头看尔康，"你以前说，她是我的'系铃人'，其实，我才是她的'系铃人'呀！我得去开导她，我得去帮她'解铃'呀！"

永琪凝视紫薇，深深一叹：

"你和小燕子，真是奇怪，她挨了打之后，说的第一句话是'还好打的不是紫薇！'而你，为了她，弄得家没有家、爹没有爹，你还记挂着她的安危！想到皇室中，兄弟之间，为了大位之争，常常弄得骨肉相残，真觉得不如生在民间，还能得到真情！"

紫薇对永琪的感慨，还无法深入，只是关心小燕子：

"你们要不要帮我呢？我真的想进宫去看小燕子呀！我有预感，如果不去见她一面，把我的心态说清楚，小燕子会出大事的！皇上的爱，这么孤傲，小燕子就算有一百颗脑袋，也想不明白的！你们让我进宫去见她一面吧！我发誓，我会很小心很小心，绝对不出错！只要进去两个时辰，就够了呀！你们大家成全我吧！"

福伦和福晋，彼此看着，实在顾忌太多了。尔康就走上前去，对紫薇郑重地、诚恳地说道：

"不是阿玛和额娘不愿意帮你！我们每一个人都想帮你，不只帮你，还要帮小燕子！可是，你不能弄巧成拙是不是？你仔细想一想看，现在进宫合适吗？小燕子刚挨了打，一肚子委屈，见到你之后，还会心平气和吗？以她的个性，以你的个性，你们说不定会抱头痛哭，泪流成河！如果那样，岂不是惊动了宫里所有的人？现在，小燕子身边，也是宫女太监一大堆，一个不小心，小燕子是杀身之祸，你也不见得'有理说得清'！你想想，我们怎么放心让你进宫呢？"

尔康一番话，说得合情合理，大家都纷纷点头。

永琪尤其赞同：

"大家的顾虑，真的对极了！现在，皇阿玛对小燕子已经动了板子，如果小燕子再有什么风吹草动，问题就大了。你就算为了小燕子的安全，也要忍耐！你放心，我和尔泰，会每天去探望小燕子的，宫里又有太医，又有最珍贵的药材，她很快就会好的！"

尔泰说：

"是呀，你虽然见不到小燕子，可是，我每天都会把消息带回来给你！"

金琐也插嘴了：

"小姐，你也可以写信给她呀！她能画画给你，你也可以画画给她！请五阿哥送进去！"

"我心甘情愿，做你们两个的信差！"永琪急忙说。

大家你一言，我一语，说得仁至义尽，紫薇心里再急，也无可奈何了。

这天晚上，乾隆心绪不宁，奏折看不下去，书看不下去，事情做不下去，连打棋谱的兴趣都没有。想写写字，写来写去写不好。最后，什么事都不做了，到延禧宫去看令妃。令妃不在，他也不叫人找，也不叫人传，只是在那儿背着手，走来走去，耐心地等待着。令妃好晚才进房，看到乾隆，吓了好大一跳。

"她怎么样？"乾隆劈头就问。

令妃一愣，急忙请安。

"皇上！这样晚了，怎么还不睡觉？"

乾隆不耐地摇摇头：

"朕不困！你不是从小燕子那儿回来的吗？""是！"

"她怎样呢？"

令妃轻轻一叹：

"好像不太好！"

"什么叫'不太好'？不过打了几板子，能有多严重？总不会像上次当胸一箭，来得严重吧！"

令妃悄悄地看了乾隆一眼，唉声叹气：

"皇上啊！上次当胸一箭，只是外伤，现在，可是外伤加内伤啊！"

乾隆一惊：

"怎么还会有'内伤'呢？谁打的？"

"皇上打的啊！"

"朕何时打过她？"乾隆又一愣。

"皇上，女儿家的心思，您还不了解吗？在这么多人面前，皇后、容嬷嬷、太监、宫女、侍卫……还有五阿哥和尔泰，大家瞪大眼睛瞧着，她当众被打了板子，面子里子都挂不住了！最让那孩子伤心的，是皇阿玛的'疾言厉色''非打不可'啊！所以，人也伤了，心也伤了！"

乾隆震动了，真的，是个女儿呢，怎么也用板子？他心中实在后悔，嘴里却不愿承认。

"她太过分了，简直无法无天，不打不行呀！"说着，就不安地看令妃，"是不是打重了？"

令妃点点头：

"皮开肉绽了!"

乾隆一呆,立刻怒上眉梢,大骂:

"可恶!是哪个太监打的板子,明知道是打'格格',也真下手狠打吗?""那可不能怪太监,皇上一直在旁边叫'重重地打'!"令妃坦率地说。

"胡太医怎么说呢?要紧吗?"乾隆急了。

"格格不让胡太医诊治!"

"为什么不让诊治?你也由着她吗?"乾隆简直生气了。

"皇上呀,格格是姑娘家呀,冰清玉洁的!伤在那种地方,又是板子打的,她怎么好意思让太医诊治呢?瞧都不许瞧,就哭着叫着把太医赶出去了!"令妃瞅着乾隆,婉转地说。乾隆一想,也是,伤在屁股上呀,怎么看大夫呢?

"那'紫金活血丹'有没有吃呢?伤口有没有上药呢?"乾隆更急了。

"不肯吃药,也不肯上药,谁的话都不听!丫头太监们跪了一地求她,她把药碗全给砸了!"

"什么?脾气还是这么坏?打都打不好?"乾隆大惊。

"也难怪她,发着高烧,人都气糊涂了,烧糊涂了!"

"怎么会发高烧呢?"乾隆越听越惊了。

"胡太医说,发烧是伤口引起的,再加上什么'急怒攻心,郁结不发'……这热就散不出来,说是吃两帖药就好了！开了药方，也熬了药，可是，这个牛脾气格格，就是不吃……口口声声说，死掉算了！"

乾隆再也按捺不住，往门外就走。

"她敢不吃？朕自己去瞧瞧！"

令妃慌忙喊：

"蜡梅！冬雪！小路子……大家跟着！"

小燕子趴在床上，昏昏沉沉地躺着，哭得眼睛肿肿的。明月、彩霞在床边侍候着，擦汗的擦汗，擦泪的擦泪，两人苦苦地劝解着：

"格格，不要伤心了，我让厨房熬一点稀饭来吃，好不好？"明月问。

小燕子不睁眼睛，也不说话。

"格格，你这样不行呀，药也不吃，东西也不吃，就是铁打的身子，也禁不起呀……令妃娘娘拿了最好的金疮药膏来，五阿哥又特地送了一盒'九毒化瘀膏'来，说是好得不得了，让奴婢帮你擦一擦吧！"

彩霞哀求着。

小燕子动也不动。

门外忽然传来小邓子和小卓子的大叫声：

"皇上驾到！"

接着，是乾隆的声音：

"通通站在外面，不要跟着！朕自己进去！"

乾隆声到人到，已经大步跨进房。

小燕子大惊，蓦地睁开眼睛，见到乾隆，吓得从床上一跃而起，想跪下身子磕头，奈何一个头昏眼花，竟跌落在地，砰然一响，撞到伤处，痛得失声大叫：

"哎哟!"

明月、彩霞正跪在地上喊"皇上吉祥"，见到这等局面，急忙连滚带爬冲过来，要扶小燕子。

谁知乾隆比明月、彩霞都快，已经一弯腰，抱起小燕子。

乾隆凝视着臂弯里的小燕子，小燕子觉得丢脸，不敢看乾隆，用袖子蒙住自己的脸，把整个脸庞都遮得密不透风。

乾隆一语不发，轻柔地把小燕子放上了床，知道她不能仰卧，细心地将她翻转。

小燕子呻吟着，只能趴着身子，觉得丢脸已极、沮丧已极。她现在终于知道"皇上"的意义和权威了，对乾隆是又爱又怕。她把棉被一拉，把自己连头蒙住，从棉被中呜呜咽咽地说：

"皇阿玛，跪地磕头，学了三天，还是没磕好！你别生气……我在棉被里给您磕头！"她的脑袋，就在棉被中动来动去。

乾隆又是心痛，又是困惑，又是好笑，又是好气。

"干吗蒙着脸？把棉被拉开!"

"我不!"小燕子蒙得更紧了。

"这样蒙着头，怎么透气？"乾隆命令地喊，"拉开！"

"不能透气就算了……"

乾隆回头看明月、彩霞：

"给你们主子把棉被拉下来！"

"是！"明月、彩霞便上前去拉棉被，谁知小燕子死命扯住棉被，就是不肯露面，和明月、彩霞拉拉扯扯，挣扎地喊着：

"不要！我不要！让我蒙着！"

乾隆忍无可忍，推开明月、彩霞，一伸手，把棉被从小燕子头上拉下。

"你到底在闹些什么？不要见皇阿玛了吗？"

小燕子没有棉被"遮羞"，就慌忙把脸孔埋在枕上，哽咽说：

"小燕子没有脸见皇阿玛！没有脸见任何人了！"

"那么，你预备从今以后，就蒙一床大棉被过日子吗？"

小燕子埋着脸不说话。

乾隆瞪着她，声音不知不觉地柔和下来：

"给皇阿玛打两下，有什么不能见人的？"说着，就伸手去把她的脸从枕头上扭转过来，一面摸着她的额头，摸到满头滚烫，不禁大惊，"烧成这样子，为什么不吃药？为什么不看大夫？"小燕子偷眼看乾隆，泪，忍不住就纷纷滚落。

"不想吃！"

"什么叫不想吃？药也由得你想吃才吃，不想吃就不吃吗？"乾隆生气地说。

"反正……迟早是会给皇阿玛杀掉的，吃药也是白吃！早点死了早超生！"

乾隆瞪着小燕子，看到她烧得脸庞红红的，眼睛里泪汪汪，虽然痛得不能动，还是一副"要头一颗，要命一条"的样子，看起来真是又可怜又让人无奈。

乾隆是皇帝，所有的人对他言听计从，他从来没有应付过这样的格格，竟然觉得自己有些手足无措，招架不住了。

"这是什么话？打你几下，你就负气到这个程度，你的火气也太大了吧！"他咳了一声，清清嗓子，勉强板起脸来，用力地说，"朕要你吃药！听到没有？朕命令你，听到没有？这是'圣旨'，听到没有？"便抬头对明月、彩霞吼道，"你们还不赶快去把药重新熬过，端来给格格吃！你们两个，会不会侍候？"明月、彩霞吓得魂飞魄散，慌忙连声应着：

"喳！奴婢该死，奴婢遵命！"一面急急出房去。

乾隆见房中已无人，就收起了那股"皇上架势"，俯身对小燕子温柔地说：

"今天打你的时候，令妃说，'打在儿身，痛在娘心'。其实，爹和娘是一样的！'打在儿身，也痛在朕心'！当时，你也实在太不像样了，你逼得朕不能不打你！你这种个性，就是会让自己吃亏呀！现在，打过了，也就算了，不要伤心了，好好地吃药，知道吗？"小燕子听到乾隆这么温情的几句话，再也熬不住，"哇"的一声，放声痛哭了。

"别哭呀！你这是怎么了？疼吗？很疼吗？"乾隆急得不知道该怎么办了。

"我以为……我以为，皇阿玛再也不喜欢我了！"小燕子抽抽噎噎地喊。

乾隆眼中一热，眼眶竟然有些潮湿起来。

"傻孩子，骨肉之情是天性，哪有那么容易就失去了？"

乾隆一句"骨肉之情是天性"，让小燕子又惊得浑身打冷战。

乾隆见小燕子打冷战，脸色青一阵、白一阵，心里实在焦急。

"怎么？为什么发抖？冷吗？朕得宣太医来，不看伤口，总得把把脉！那个'紫金活血丹'是救命良药，怎么不吃？"小燕子又是感动，又是害怕，对乾隆真的"敬畏"极了。

"我吃药，我待会儿马上就吃药，不敢不听话了，不敢'抗旨'了……可是……可是……"

"可是什么？""我终有一天，会让皇阿玛失望的……会让皇阿玛砍我脑袋的……"小燕子越想越怕，痛定思痛。

乾隆凝视她，纳闷地说：

"朕这次真的把你吓坏了，是不是？朕又不是暴君，怎么会动不动就砍人脑袋呢？你为什么老是担心朕会砍你脑袋呢？放心吧！朕不会的！你的脑袋还是长得很牢的！"

"可是……可是……"

"又可是什么？"

"可是……那些规矩，我肯定学不会的……过两天，我又会挨打的……"

乾隆见小燕子眼神悲戚，泪眼凝注，平日的神采焕发、趾高气扬，已经完全消失无踪，心里就紧紧地一抽。

"唉！"他长叹一声，"不能要求你太多，这宫中规矩嘛，学不会，也就算了！你，把心情放宽一点吧！快快好起来，才是最重要的！知道吗？"

小燕子眼睛蓦地一亮。

"我可以不学规矩了？"乾隆因小燕子眼睛这"一亮"，心里也跟着"一亮"。

"是！你可以不学规矩了！"

小燕子急忙在枕上磕了一个头，说：

"谢皇阿玛恩典！"

乾隆深深地看着小燕子，看到她身子一动，难免痛得龇牙咧嘴，脸上又是泪，又是汗，好生狼狈。想到自己把一个生龙活虎、欢欢喜喜的女儿，折腾成这样，他的心里，就更加柔软，更加心痛和后悔莫及了。

当小燕子无奈地躺在床上养伤的时候，紫薇也陷进了一份深深的无奈里。

紫薇没办法进宫，懊恼极了。所幸，知道小燕子身体逐渐复原，皇上依然宠爱，居然免除了她"学规矩"的苦差事，小燕子总算因祸得福。可是，紫薇仍然觉得惴惴不安，一天到晚，代小燕子捏把冷汗。尔康看她这么不快乐，一连几天，都带她出门去。他们去了大杂院，给孩子和老人们送去了无数的东西，吃的穿的都有。柳青、柳红看到尔康对紫薇那么小心翼翼，两人就心知肚明了，许多疑问，在紫薇的难言之隐中，也都咽下去了。

紫薇的不快乐，其实不只是为了小燕子，也有一大部分是为了尔康。尔康察言观色，将心比心，对紫薇的心事，也体会出来了。自从紫薇那天一句"我留下"，他就想了千遍万遍，如何"留"她？越想，心里也越乱。

这天，尔康带她来到一个幽静的山谷。这儿，像个世外桃源。群山环绕，满目苍翠，风微微，云淡淡，水清清。有条清澈的小溪，从绿树丛中，蜿蜒而过。小溪旁，几株桃花，开得一树灿烂，微风一过，落英缤纷。

尔康和紫薇站在水边，两人迎风而立，衣袂飘飘。

"哇！怎么有这么美丽的地方？简直是个仙境！"

紫薇喊着。

"这是我常常来的一个地方,我给它取了一个名字,叫作'幽幽谷',是我秘密的藏身之处。小时候,每当心里不痛快,就会到这儿来!看看山,看看水,听着风声,听着鸟叫,一待就是好几个时辰,然后,所有的烦恼就都没有了。今天,难得带你出来,就忍不住要把这个好地方,跟你分享!"

"像你这样什么都不缺的人,也会有不痛快和烦恼吗?"紫薇问。

"喜怒哀乐是每一个人的本能,应该没有阶级之分,大家一样的,我当然也有我的烦恼!"

紫薇点点头,看着山色如画,不禁出起神来。

"你有心事!"尔康凝视她。

紫薇一笑:

"从你认识我那天开始,我就一肚子心事!"

尔康一叹:

"本来,你只有进宫的心事,现在,又添了我!"

紫薇震动了,看看尔康,不说话。尔康紧紧地凝视她,似乎想一直看到她内心深处去,半晌,才真挚而诚恳地说:

"紫薇,有几句心里话,一定要跟你说!"

紫薇点点头。

"自从那天,我向你表明了心迹,这些日子,我想了很多很多！"

紫薇专注地听着。

"我第一句要告诉你的话是，我要定了你！"

紫薇一震。

"可是，如何要你，成为我现在最大的难题。你知道，在我这样年龄的王孙、公子，早就成婚了，我之所以还没成亲，是因为皇上迟迟没有指婚！"

紫薇睁大眼睛看着尔康。

"你或者还不知道，我和尔泰的婚姻，都不操在父母手里，而是操在皇上手里！事实上，皇上早在五六年前，就看上了我，曾经要把六格格指给我，阿玛和额娘心里都有数，只等我们长大。谁知道，六格格却生病夭折了，皇上难过得不得了，我的婚事，就这样耽误下来了！"

"我懂了！"紫薇轻轻地说。

尔康对紫薇摇摇头：

"不！你没有懂！我要告诉你的是，我和尔泰，都是皇上看中的人选。因为皇上的宠爱，就连父母，都没有办法为我们的婚姻做主，更别说我们自己了！"

"我懂了！"紫薇又说，眼神里已经透着凄凉。

"你还是没有懂！我要说的是，不论你是格格，还是一个民间女子，不论你未来怎样，我的心念已定，我要娶你为妻！但是，皇上一定不会把你指给我，因为他根本不知道这世界上有一个你！这件事好像是老天开我的玩笑，我身边有一个格格，皇上要我当额驸，我却没办法告诉他，请把紫薇指给我！"

紫薇的眼睛亮晶晶的，一眨也不眨地看着他。

"你的心我懂了，你的意思我也懂了！一直就觉得奇怪，为什么你还没成亲，现在都明白了！我早就知道，你的地位和身份，一定会娶一个金枝玉叶！我也说过，我没有奢望。为你留下，只是情不自禁！事实上，这些日子，我也想了很多。我第一句要告诉你的话就是，请放了我吧！"

尔康大震，变色了。

"你是什么意思？""我想来想去，我们之间，是没有未来的！一个没有未来的'相遇'，是一个永远的折磨！我们结束它吧！"

尔康激动起来：

"怎么会没有未来？我要告诉你的就是，我们有一条艰苦的路要走，我希望你在各种恶劣的情势下，都不要退缩！请你相信我，我的心有如日月，你一定要对我有信心！现在，皇上并没有指什么人给我，我左思右想，我唯一的一条路，就是在指婚之前，找个机会，对皇上坦白。告诉他，我爱上了一个民间女子，请他成全。"

紫薇吓了一跳，瞪着尔康：

"他怎么会成全呢？他会生气的！你千万千万不要说！"

"你何以见得他不会成全呢？"尔康反问，"如果他生气，我就问他，还记得大明湖畔的夏雨荷吗？"紫薇大大地震动了，睁大眼睛看着尔康，惊喊着说：

"你不要吓我！你把我弄得心慌意乱了！我已经为了小燕子，在这儿六神无主，你又说这些异想天开的话！我听得心惊胆战，你不能这样做的！皇上就是皇上，他可以做的事，你不能做！何况……"她痛苦地吸了一口气，用力地说出来，"他从来没有'娶过'夏雨荷！"这句话像当头一棒，敲得尔康一阵晕眩。

是啊！乾隆对雨荷只是逢场作戏，事情过了就"风过水无痕"了。自己的举例，实在该打！

"好好，我说得不对！我不会冲动，去将皇上的军！怎么办，我再慢慢想办法，我说了这么多，主要就是要告诉你，我的处境，和我的决心！请你千万千万要相信我，要给我时间去安排一切！"

尔康说着，便伸手握住紫薇的手。

紫薇震动了一下，便矜持地、轻轻地把手抽开，难过地低下头去。

尔康受伤了。

"怎么？忽然把我当成毒蛇猛兽了？"

紫薇眼中含泪了。

"不是这样，因为你提到我娘，我想起娘临终对我说的最后一句话！说完那句话，她就闭目而逝了！"

"是什么？"

"她说……'紫薇，答应我，永远不做第二个夏雨荷！'"尔康大震，不由自主退后了一步，立刻了解到紫薇那种心情，私订终身，只怕历史重演，步上夏雨荷的后尘。如果自己跟乾隆一样，只有空口白话，不管多少承诺，对紫薇而言，都是一种亵渎！

尔康凝视着紫薇，但见紫薇临风而立，自有一股不可侵犯的高贵与美丽。他被这样的美丽震慑住了，不敢冒犯，只是痴痴地看着她。心中，却暗暗地发了一个誓，除非明媒正娶，洞房花烛，否则，决不侵犯她！决不让她变成第二个夏雨荷！

溪水潺潺，微风低唱，花自飘零水自流。

两人默默伫立，都感到愁肠百结，体会到情之一字，带来的深刻痛楚了——

第一册完，待续第二册《水深火热》

（京权）图字：01-2025-0195

图书在版编目（CIP）数据

还珠格格．第一部．1，阴错阳差／琼瑶著．-- 北京：作家出版社，2025.1．--（琼瑶作品大全集）．-- ISBN 978-7-5212-3236-3

Ⅰ．I247.5

中国国家版本馆 CIP 数据核字第 202594D9C9 号

还珠格格 第一部 1 阴错阳差（琼瑶作品大全集）

作　　者：琼　瑶
责任编辑：翟婧婧
装帧设计：棱角视觉　纸方程·于文妍
责任印制：李大庆　金志宏
出版发行：作家出版社有限公司
社　　址：北京农展馆南里 10 号　　　邮　　编：100125
电话传真：86 - 10 - 65067186（发行中心）
　　　　　86 - 10 - 65004079（总编室）
E - mail: zuojia@zuojia.net.cn
http:// www.zuojiachubanshe.com
印　　刷：三河市龙大印装有限公司
成品尺寸：142×210
字　　数：116 千
印　　张：6.625
版　　次：2025 年 1 月第 1 版
印　　次：2025 年 1 月第 1 次印刷
ISBN　978 - 7 - 5212 - 3236 - 3
定　　价：2754.00 元（全 71 册）

品　琼　瑶　经　典

忆　匆　匆　那　年

琼瑶作品大全集